1484

z

DESTINS

METHUEN'S TWENTIETH CENTURY
FRENCH TEXTS

Founder Editor: W.J. STRACHAN, M.A. (1959–78)
General Editor: J.E. FLOWER

ANOUILH: *L'Alouette* ed. Merlin Thomas and Simon Lee
BAZIN: *Vipère au poing* ed. W.J. Strachan
BERNANOS: *Nouvelle Histoire de Mouchette* ed. Blandine Stefanson
CAMUS: *Caligula* ed. P.M.W. Thody
CAMUS: *La Chute* ed. B.G. Garnham
CAMUS: *L'Étranger* ed. Germaine Brée and Carlos Lynes
CAMUS: *La Peste* ed. W.J. Strachan
CAMUS: *Selected Political Writings* ed. J.H. King
DURAS: *Moderato cantabile* ed. W.J. Strachan
DURAS: *Le Square* ed. W.J. Strachan
GENET: *Le Balcon* ed. David H. Walker
GIRAUDOUX: *Amphitryon 38* ed. R.K. Totton
GIRAUDOUX: *Amphitryon 38* ed. R.K. Totton
GIRAUDOUX: *Electre* ed. Merlin Thomas and Simon Lee
GRACQ: *Un Balcon en forêt* ed. P. Whyte
LAINÉ: *La Dentellière* ed. M.J. Tilby
ROBBE-GRILLET: *La Jalousie* ed. B. G. Garnham
SARTRE: *Huis clos* ed. Jacques Hardré and George Daniel
SARTRE: *Les Jeux sont faits* ed. M.R. Storer
SARTRE: *Les Mains sales* ed. Geoffrey Brereton
SARTRE: *Les Mots* ed. David Nott
TROYAT: *Grandeur nature* ed. Nicholas Hewitt

Anthologie de contes et nouvelles modernes ed. D.J. Conlon
Anthologie Éluard ed. Clive Scott
Anthologie Prévert ed. Christiane Mortelier
Anthology of Second World War French Poetry ed. Ian Higgins

METHUEN'S TWENTIETH CENTURY TEXTS

François Mauriac

DESTINS

Edited by

C. B. Thornton-Smith, M.A., B.Ed., Ph.D.
*Senior Lecturer in French,
University of Melbourne*

Methuen Educational Ltd

First published in this edition in 1983 by
Methuen Educational Ltd
11 New Fetter Lane, London EC4P 4EE

Text © 1928 Bernard Grasset Editeur
Introduction and Notes © 1983 C.B. Thornton-Smith

Printed in Great Britain by Richard Clay,
The Chaucer Press, Bungay, Suffolk

British Library Cataloguing in Publication Data

Mauriac, François
Destins.—(Methuen's twentieth century French texts)
I. Title   II. Thornton–Smith, C.B.

843'.912[F]   PQ2625.A93

ISBN 0–423–51130–0

CONTENTS

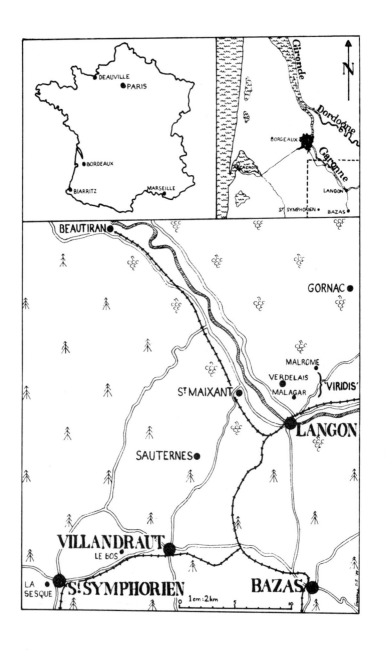

PREFACE

François Mauriac has frequently stressed how much his fictional work draws upon his own life, particularly his childhood, for its raw materials, which are reshaped into something which is no longer autobiography, but may contain truths about himself which autobiography does not reveal.

The connection between *Destins* and the life of its author is an especially close one, expressing a moment of crisis for him in his interconnected roles as writer, Catholic and husband, and illustrating the fact that an artist can put even more of himself into a work than he consciously intended at the time of composition. In the case of this novel the interplay of life and work continued after publication; reactions by a wide range of Mauriac's friends to the tensions they detected in it led him to make a radical change in his attitude towards his faith and his married life, to publish several statements of how he saw his role as Catholic and novelist, and to express hopes that his art at least would benefit from what he felt was a personal transformation.

Although the finished text is paramount in any judgement we make, the details of biographical, literary and social contexts provided in the Introduction and Notes should help make that judgement a better informed one, and show that several different readings of the text are possible, depending on the extent to which we deal with it in isolation, or see it in relationship with these contexts.

ACKNOWLEDGEMENTS

The editor and publishers are grateful to Bernard Grasset for permission to reproduce the text of 1928 in this edition.

The editor is deeply indebted to: M. Jacques Chapon, *conservateur* of the Bibliothèque Littéraire Jacques Doucet and his staff for unfailing help and co-operation; M. Claude Mauriac for permission to quote unpublished material from a manuscript in the Fonds Mauriac at the above library; M. Jacques Monférier, *directeur* of the Centre d'Études et Recherches sur François Mauriac at the Université de Bordeaux III, for valuable advice and encouragement; M. Claude Saint-Girons of Bordeaux for indispensable help in identifying a number of references, and to le père de Boysson, librarian of the Séminaire Régional de Bordeaux, for finding the source of the prayers quoted in *Destins*.

The map material was collated and drawn by Françoise Thornton-Smith.

INTRODUCTION

Bordeaux

François Mauriac was born on 11 October 1885 at Bordeaux as the fifth and youngest child of Jean-Paul Mauriac, who was to die when François was only twenty months old, and Claire Mauriac, *née* Coiffard, upon whom fell the main burden of bringing up her daughter and four sons with the assistance of various female relatives, particularly her mother, and a solitary bachelor brother-in-law. Jean-Paul Mauriac had been an agnostic like his father, who was to provide some of the features of Jean Gornac in *Destins*, and like his grandfather, who had established the family fortunes. But Claire was a fervent Catholic in a somewhat Spanish style, anxious that her children should be given a sound religious formation and protected from all forms of temptation.

She was able to provide a very protective environment because the family was comfortably off, thanks in part to wine making, although not belonging to the topmost reaches of the *haute bourgeoisie* of Bordeaux represented by the *aristocratie du bouchon*, the wine wholesalers and owners of great vineyards.

To the south-west of the vine-growing areas of the Gironde
and stretching along the Atlantic coast is the area known as
the Landes, which constituted another element in the
prosperity of Bordeaux and of the Mauriac family. The
Landes had once been desolate heath frequented only by
shepherds. But in the late eighteenth century there began a
systematic planting of the area with pines so that it came to
have the aspect of almost unbroken forest. Exploitation of
the trees for timber and the gathering of their resin to make
turpentine transformed it from a backward and poverty-
stricken into a comparatively prosperous area; but its in-
habitants were still extremely conservative in their attitudes,
distrustful of foreigners (who included even people from
other parts of France), preoccupied with amassing or con-
solidating wealth, which was represented above all by the
ownership of land, and committed in an often uncritical and
obscurantist way to one of two opposed value systems: they
were either agnostic, radical and republican, looking
naturally to the state to further their interests, or Catholic,
right wing if not royalist, and deeply distrustful of the
Republic and all its works.

The Mauriac family owned property not only in these two
quite distinct areas but in Bordeaux itself, where François
passed his infancy and school years. Holidays, however,
were spent at various country properties, including a château
of sorts with vineyard near Saint-Maixant and Verdelais.
This property, called Malagar, was to play a large part in his
life and works, and appears in *Destins*, along with Verdelais,
as 'Viridis'.

His childhood and youth have been related by him in a
number of different works, notably *Commencements d'une
vie* (1932) and *Nouveaux Mémoires intérieurs* (1965). Apart
from the protected nature of his upbringing, what emerges
from these reminiscences are impressions of a family close-
ness both reassuring and a little stifling, of a child convinced
of his own ugliness and inferiority but also of a difference
from others, a child for whom happiness or unhappiness was

represented by the presence or absence of his mother, and of a climate of certainties, both social and religious, which tended to be put into question not only by discrepancies between principle and practice within the family walls, but by revelations of different ways of living and thinking beyond them.

The difference was particularly acute, representing equally unreal models for an adolescent, in the matter of sexuality. In the family circle of widows and spinsters, sometimes visited by celibate priests, sexuality did not exist. Beyond the walls, as encountered in the streets, at the *Foire de Bordeaux* and through unsought-for revelations, it seemed frequently disgusting and always evil.

Paris

Some time after completing his *licence ès lettres* at Bordeaux, Mauriac felt he had to get away from an environment he found restrictive, and with his mother's blessing left for Paris in 1907, ostensibly for further studies at the École des Chartes, but in fact to become a writer. Essentially conservative in his political views, despite a flirtation with the *Sillon*[1] movement which propounded a form of Christian democracy, he devoted some of his first literary efforts to journalistic polemic against radical politicians in municipal elections. At the same time he was writing poetry and was fortunate enough to have his first published volume, *Les Mains jointes* (1909), commented on favourably by Maurice Barrès, one of the foremost writers of the time. Thus his name was before the public, which awaited his subsequent books with interest.

The brilliant literary career of Mauriac was to span more than sixty years marked by the *Grand Prix du Roman* in 1925, election to the Académie française in 1933, and the Nobel Prize for Literature in 1952, and resulted in more than seventy books including novels and short stories, plays, poetry, biography, autobiography, literary theory and criticism, and a very important body of political journalism which he continued to produce until shortly before his death (on 1 September 1970), while at the same time writing another novel. What will interest us from all this is how *Destins* came to be written.

In 1911, suffering from the disappointment of a long-awaited engagement which had been broken off after only two days, he was introduced by a sympathetic friend to Jeanne Lafon, whom he was to marry in 1913. But the charms of Jeanne were matched by the ferocity of a father who seems to have been one model for Augustin Lagave. A highly-placed official in the Ministère des Finances with a fanatical sense of duty and a fully developed idea of his own importance, he was also a formidable domestic tyrant, and when François called by appointment at his office to ask for Jeanne's hand, he was told 'Eh bien! monsieur, c'est non!' and then invited to explain what a poet was. M. Lafon could apparently not credit that a serious person would propose to make a career as one. Later he asked, did M. Mauriac think he would ever be in the Académie française? Mauriac rose to this by replying that as each generation had forty academicians, he did not see how he could miss.[2] M. Lafon eventually relented.

Before the First World War Mauriac produced two novels, *L'Enfant chargé de chaînes* (1913) and *La Robe prétexte* (1914), both of them heavily autobiographical and depending on 'souvenirs livresques', with the characters of the latter 'fabriqués selon mes goûts littéraires d'alors'.[3] Jammes is the only author named,[4] but we can certainly include Barrès and Gide among his models. Both novels also contain a strong self-critical element, showing a young man with a background like Mauriac's trying to break free from the chains of immaturity and personal insincerity, beset by temptations in Paris, and timidly hoping that Christian marriage will solve his problems.

Soon after the outbreak of the war Mauriac, already exempt from military service on health grounds, became a medical orderly in an ambulance unit organized by his friend, le comte Étienne de Beaumont. After service behind the Western Front he was sent to Salonika, where he immediately contracted malaria and was invalided home, taking some years to recover.

The 1920s

In the 1920s, surrounded by a warm domestic atmosphere and a growing family, he tried to pick up the pieces of his literary career and became very much a part of the Paris social scene, frequenting nightclubs, attending first nights, and cultivating aristocrats and people who might help his career.

The anguish of the war years had been replaced by a sense of relief at still being alive, and there were exciting new developments in the visual arts and in music, where jazz was very much the expression of the age. Women were feeling freer, taking to smoking and driving and a more relaxed style of coiffure and clothing: the long, flowing or piled-up hair, huge elaborate hats, layered garments, ground-sweeping skirts, constricting and exaggerating corsets and button-up boots of the pre-war years were now replaced by close-cropped hair, *cloche* hats, straight, simple dresses with un-constricted waist and raised hemline, and narrow, open, slip-on shoes.[5] There was also something of a relaxation in sexual morality, and homosexuality became much more overt, especially in literary circles.[6]

Despite his keen socializing in this atmosphere, Mauriac was also a disillusioned, almost jaundiced observer of it in his private journal, parts of which were much later published as *Journal d'un homme de trente ans* (1948). In these pages, along with the record of his progress as a writer and reiteration of a feeling of 'vanitas vanitatum', there are very veiled hints of sexual tensions or difficulties which he hoped his religious faith and his life as a happily married father might help to resolve. But as his novels tended to devour his diary, it was to be in *Destins* above all that he would try to convey the atmosphere of the 1920s, including their dangerous relaxation of moral standards.

Two more minor works were to appear before he received general acclaim as a novelist with *Le Baiser au lépreux* (1922), the story of an arranged marriage turning to tragedy because of the physical revulsion of the wife. This fame was consolidated by *Le Fleuve de feu* (1923), in which the long-awaited and feverishly evoked seduction of the heroine is hardly compensated for by her indirectly reported repentance, and by *Genitrix* (1923), the story of a dominant and destructive mother who ultimately has to suffer from what she has made of her son.

The 'apologie indirecte'

By this stage, Mauriac's fame was becoming somewhat prejudiced, in Catholic circles particularly, by a growing body of moralistic criticism directed both at the atmosphere of sensuality in his novels, although now one wonders why, and at the unconvincing or confused nature of their religious message. He therefore decided on a new approach enabling him to dispense with any explicit religious content, while still conveying a moral message which was obviously important for him. He outlined this in an interview with Frédéric Lefèvre in 1924:

> Dans mes prochains romans, le catholicisme touchera de moins en moins mes héros, et ce sera cependant faire œuvre catholique que de montrer l'absence du catholicisme et les conséquences lamentables que cela entraîne; rien qu'en mettant en scène des êtres complètement dépourvus de vie religieuse on découvre le grand vide des âmes, vide surtout sensible chez les femmes.[7]

Mauriac's hope was that a far more convincing moral would emerge from the whole situation of people cut off from God than from any attempt at their conversion, depiction of which he realized was not his strong point. One notes also the implicit devaluation of women: when they are bad, they are very, very bad, although as they are naturally more religious than men, any fall from virtue is correspondingly greater, so that a form of idealization is also present.

The three novels *Le Désert de l'amour* (1925), *Thérèse Desqueyroux* (1927) and *Destins* (1928) may be seen as implementing the new theory, each in a different way. *Le Désert de l'amour* deals with the misunderstanding and lack of sympathy which can exist within a family between husband and wife and parents and children, and which are largely responsible for both father and son falling in love with the same kept woman, and suffering long after from the inevitable disappointment involved. In varying degrees, all the previous novels had been marked by a double movement of protest against and reaffirmation of the values represented by the close-knit provincial family. In *Le Désert de l'amour* the reaffirmation is very tenuous; it is virtually absent from *Thérèse Desqueyroux*, usually counted Mauriac's masterpiece and one of the classics of twentieth-century fiction.

Thérèse suffers so much first from physical revulsion within her marriage and then from a stifling family atmosphere that she eventually begins poisoning her husband; this is discovered and reported, but the family manages to frustrate a legal investigation and imposes its own form of imprisonment upon her until it is decided, once again for family reasons, that she can be set free in Paris. She is obviously the victim of a motherless and Godless upbringing and there are several hints from the author that only God can really set her free. Although Mauriac suggests that he had been hoping that she would see the light, she does not do so, due in part to God's being imprisoned behind an incomprehensible ritual in a Church which seems to be an extension of the bourgeoisie. Thus the novel has an open ending, but with the suggestion of future threat for Thérèse, as she wanders away in Paris *au hasard*. In terms of the character herself, Mauriac had hardly shown that God was the answer, and he seemed to endorse her attitude of revolt much more than he either condemned or explained a crime which apparently just grew from a blameless incident. He was later to admit that through Thérèse he was expressing his own predicament, that '*Thérèse Desqueyroux*, c'était bien le roman de la révolte ... c'était tout mon drame, c'était la protestation, le cri.'[8] 'Souffrances du chrétien',[9] a piece that he wrote in 1928, made it clear that it was his Church's precepts on birth control that he found difficult to accept, while Lacouture's biography hints very vaguely that apart from conjugal difficulties there was also another woman.[10] Thus when he came to write *Destins* Mauriac was in a state of real moral torment and his feeling of revolt was at its most acute; yet the desire to continue writing works which in some way would give witness to his faith persisted also and must be considered just as much part of him.

THE COMPOSITION OF 'DESTINS'

Satisfaction with having gained the reader's sympathy for a woman who tries to murder her husband, combined with reaction to often naive moralistic criticism, seem to have driven Mauriac to challenge the public further by attempting to make an even more grotesquely scandalizing case understandable: a 48-year-old widow forms a passion for a man who is young enough to be her son and also happens to be a bisexual prostitute, while she shows little maternal love for her morally upright yet quite odious son. In view of her inadequately formed moral awareness, Thérèse's deed was a crime without sin, and she was emotionally an 'outsider' held prisoner by society. Through Élisabeth, Mauriac was going to deal with more specifically moral issues by showing a sin without crime committed by a thoroughgoing 'insider' and worthy pillar of the Church who turns out to be no less a prisoner of her situation.

The writing of *Destins* arose from a request by his friend Pierre Brisson that he provide a new novel to be published in several numbers of the periodical *Les Annales* in

1927. Looking back from 1967, Mauriac comments: 'Quelle incroyable facilité j'avais en ce temps-là! Je partis aussitôt pour le Trianon (je devais tout de même avoir un "commencement" dans mes tiroirs) et je remis peu de jours après ma copie achevée'.[11] (The 'Trianon' was the Trianon Palace, a hotel at Versailles to which he sometimes retreated so as to be able to write uninterrupted.)

Judging by the manuscript in Mauriac's microscopic, almost indecipherable scrawl, the 'commencement' must have comprised not simply some opening paragraphs, but a fairly full projection of the way the action and metaphorical structure of the novel were to be developed, and very possibly some notations gleaned from other writings such as his private diary. Various revisions, crossings out, and moments of relaxation or brief lack of inspiration represented by little drawings all show that this is indeed the first manuscript, and yet it is essentially the text published by *Les Annales* without any major correction or rearrangement. When it was published in book form in 1928 only minor changes were made, the most important being the dropping of a few pages *à la Balzac* dealing with Jean Gornac's political interests.

Thus this novel represents the ultimate development of Mauriac's hurried method of composition during a period when he was producing a variety of material as rapidly as possible not simply for reasons of prestige but also to make money. We can almost see his writings from 1924 onwards as a sort of continuum, with an aphoristic and ostensibly socio-logical work like *Le Jeune Homme* (1924), for instance, drawing heavily on his personal life and at the same time providing character types which the novels will illustrate.[12]

Mauriac's technique was to keep writing for as long as possible while he felt that material was arriving almost of its own accord, but then he often had to wait once the blessed moment had passed. With *Destins* the waits must have been brief, and he obviously knew what he wanted to write, rapidly producing a well-designed and coherent work with a more complex structure than that of previous novels but, perhaps because of this rapidity, containing a few inconsistencies or unexplained circumstances, particularly to do with the time sequence.

Thus, study of the dates given shows that for the first ten years of her marriage, Élisabeth did not have any children, and then had two within ten months of one another. The final episode takes place some years after the main events, which are nevertheless shown as happening at a period contemporaneous with the composition. We hear nothing of how Bob learned to drive, but we presume it must have been in Paule's car, and we see him driving with her near Versailles. On another occasion he is caught in a shower of rain, and this cannot be in Paule's car which we know is a sedan. Careful reading will uncover other such discrepancies or lack of explanatory detail.

The subsequently written *Préface* (see p. 37) shows that Mauriac was to regret the title as being too vague, yet it does convey a sense of the inevitability dominating both family history and the sad end to the love of Bob and Paule. He is writing to show that events had to take the course they did, and invoking destiny, a central concept of tragedy, to relate the novel more closely to its two unnamed tragic models. The invocation of destiny is also relevant to the highly symmetrical structure of the work, depending upon a whole series of contrasts and parallels, and with an ending in which everyone gets their just deserts.[13]

CONTRASTS AND PARALLELS

Characters

Even if Mauriac was able to compose rapidly because he had a clear view of how the novel was to develop and of what he wanted to say, *Destins* is a striking example of the fact that at the time of composition, an artist may not be fully aware of what his work means. It was only twenty-three years later that he was able to see Bob and Pierre as expressing two sides of his own nature (see *Préface*, p. 37), but in 1929 he had already endorsed Paul Claudel's brutal *rapprochement*: 'L'homme de lettres, l'assassin et la fille de bordel'.[14]

Thus Bob Lagave, ostensibly an architecture student, but more interested in exploiting a flair for interior decoration which his unsympathetic father cannot believe in, and a sexual attractiveness which neither parent can possibly comprehend, represents Mauriac the artist, also a victim of his environment, who has abandoned scholarly pursuits in order to turn a facile charm and talent into money; he therefore deserves both punishment and pardon.[15] Pierre represents Mauriac the believer, eager to serve the cause but unable to overcome a basic egoism in his spirituality, and therefore deserving punishment and pardon too.

This basic opposition of the two young men is reflected in a whole series of contradictions and contrasts at a number of different levels. Behind Bob and Pierre stand other characters either capable or incapable of human love: on the one hand Élisabeth and Paule, on the other Augustin Lagave and his mother.

Contacts between members of the two groups tend to be antipathetic, even when the same family is involved. For the first time Mauriac juxtaposes two families, both, be it noted, lacking a father in one or other generation, to show how the standard laws of family affinity can be much less important than more mysterious affinities. Both what is normally expected of the family and what, within the novel, families expect, are systematically contradicted.

Neither of the fathers, Jean Gornac and Augustin Lagave, who expect their sons to be replicas of themselves, gets the son that he wants, although in moral terms they get the sons they deserve, particularly in the case of Augustin, who prostituted his talents in order to succeed, just as Bob does later. Yet they are oblivious of the extent to which it is they themselves who have imposed a contrasting role on their sons. Thus if characteristics are transmitted, it is through a process of contrast. The self-made man produces the ne'erdo-well son and the unbigoted mother produces the intolerant son, although Élisabeth does not seem to be responsible for Pierre in the way that Augustin is held to be for Bob.

The lack of communication between parents and children is most marked: Élisabeth is incapable of properly expressing what little affection she has for Pierre, but can show an initially maternal solicitude for Bob; Pierre has a completely false picture of his mother's religious feelings, and on the one occasion when he feels consoled by some sign of real affection it is not meant for him.

The course of events in *Destins* does not even seem to bear out the answer to the reputedly Jewish riddle: 'Why do children get on so well with their grandparents?' – 'Because they have the same enemy.' On the contrary, Augustin and Maria Lagave both despise Bob, while Jean Gornac has no esteem for Pierre, just as he had belittled Prudent, but feels considerable affinity with his daughter-in-law Élisabeth.

In a more general way there is a conflict between the values and tastes of different generations. Augustin is shocked not only by Paule's visiting Bob at home, but by her driving a car and her whole appearance. He fails to appreciate that his own ethos of the self-made man cannot be assumed by Bob, who for his part often feels he is speaking a different language from his father. Élisabeth is amazed at Paule's lack of scruple in visiting Viridis and staying out with Bob beyond ten o'clock, and reflects on the suspicious prudery of her own upbringing and her rigidly supervised engagement which lacked both warmth and conversation.

The Lagave flat in Paris epitomizes the taste, or lack of it, of a certain generation: even Bob's vocation seems to have been formed by contra-suggestion. The clash is expressed also in clothes and personal hygiene, with Augustin always in black and wearing a ready-made tie, protesting violently about the smell of Bob's cosmetics, and, like his own mother, quite unable to understand why Bob needs to bathe so often in any case, and put on clean clothes contrasting with his own in elegance and colour.

There is also an implicit grotesque contrast between the little court over which Bob rules in his bedroom, expecting obedience to his every whim, and the ordeal for Mme Lagave of the 'jour' which she holds in her drawing-room every Tuesday.

Milieux

There are a number of different sorts of conflict between milieux. Within Paris, we see Bob with a foot uneasily in two completely different and incompatible societies and aware of the dangers that contact between them could represent. One is the narrow-minded, petit-bourgeois, hard-working world of the 7th *arrondissement*, and the other the wealthy, cosmopolitan, effete and morally suspect high society of the 16th. The representatives of this look completely out of place in the hideous flat, and Bob is sent to the country as a result of his father's fleeting encounter with them on the stairs, when it is not so much what they say about him which hurts, as their encroachment upon his territory.

Viridis constitutes another milieu which is encroached upon; first by Paule's visit, which represents an attempt to replace provincial formality by the dangerously relaxed standards of Paris, and is seen by Pierre as a trespass upon his property; then by the intrusion of Bob's Parisian friends which, although it may give rise to admiring remarks about provincial furniture, is deeply resented by Maria, and takes Bob away to a sort of no-man's-land represented by the roads, where he is killed.

In addition to the invasion of all three dwellings, there are more widespread invasions by which various characters and even the author feel threatened. At Viridis Jean Gornac is ironically caught between his fear of, and his recognition of the need for, the Catalan labourers; and we hear some comment within the Parisian clique about the corruption of the French aristocracy by Americans and American Jews, but the depiction of a Polish Jew in Bob's entourage in terms of a racial physical typology shows Mauriac to be prone to anti-Semitism of the type fostered by *L'Action française*,[16] for which he was not at that time without sympathy.

The means of several invasions and of Bob's death is that epitome of modernity for the 1920s, the motor car, which, having come from Paris, has a hostile, alien aura; provincial people still use carriages, which are a vehicle for thoughts, memories and some important conversations.[17]

Parallels and repetitions

But carriages too can be lethal in certain circumstances, such as those under which Prudent dies. As M. Croc points out, this death, which is caused by a character's being left by himself without any letters and driven to drink, but which allows time for a priest to attend, and is accompanied by M. Gornac's rheumatism, inability to feel any deep emotion, and obsession with material concerns, is obviously intended to foreshadow Bob's.

Parallels and repetitions are as much part of destiny as oppositions and conflicts, either stressing the inevitability of results caused by certain sets of circumstances, or showing that the range of genuinely free action is extremely limited. Even thoughts can follow similar tracks: we see Pierre thinking of Bob and Paule lying together on his land, disregarding the power that the stars give proof of; a few pages later Élisabeth has the same thought, but envies their indifference to everything except one another. Near the end of the novel Pierre watches Paule's car leaving and imagines her visit to Bob's grave at Langon in terms almost identical with those used to describe Élisabeth's visit. Actions too can be repeated from person to person. Pierre has the same gait as did his father, and keeps bumping into the armchairs when in a state of agitation about Bob, just as Paule does when blinded by tears after hearing his revelation. We may also identify many other such pairs of incidents and repetitions of words and phrases, particularly to do with 'sang' and 'étoile(s)'.

THEATRICAL MODELS

In order to reinforce the idea of a tragic destiny weighing upon his mundane characters, Mauriac has recourse, mainly through parodic adaptation, to two tragedies, Racine's *Phèdre* and Shakespeare's *Romeo and Juliet* via the text by Jules Barbier and Michel Carré for Gounod's opera *Roméo et Juliette*.

Phèdre

The obvious parallel with *Phèdre* has frequently been commented upon, and this was not the first time that Mauriac had tried to give a Racinian configuration to his novels.[18] In 1927 he had Racine particularly in mind as he was already preparing his *La Vie de Jean Racine* (1928), which shows a dramatist confronting the same problems of morality for the writer as he then was; he was also convinced that it was through himself that he could best study such a kindred spirit.[19]

In Racine's play, Phèdre, the second wife of the absent king Thésée, forms an unreciprocated passion for her stepson Hippolyte, a lover of hunting who shuns female society but comes to fall in love with the beautiful and chaste Aricie. Following erroneous news that Thésée has perished, Phèdre makes an avowal to Hippolyte who reacts with horror. Out of revenge she tells Thésée, now returned, that it was Hippolyte who made advances to her. The king calls down the punishment of Neptune upon him and banishes him from the court. As Hippolyte is riding away in his chariot by the seashore, a monster emerges from the deep, causing the horses to bolt and the chariot to overturn. Hippolyte is dragged along by the reins and dies, horribly disfigured. The accident is related by his tutor Théramène. In remorse Phèdre poisons herself and as she is dying confesses what she has done, while Aricie is left to spend the rest of her life in mourning and Thésée wishes to go into exile.

In the novel this plot is substantially altered, and the situation of the characters deliberately trivialized. They have no royal or mythical dimension, and their dilemmas are less stark. The onus of guilt is also substantially shifted: Élisabeth's relationship to Bob is much more tenuous and her passion for him, which develops almost without her being aware of it, is never avowed by her while he is alive. The chaste and admirable Hippolyte becomes the thoroughly disreputable Bob and it is he who makes a grotesque avowal which Élisabeth can only reject in horror and shock. There is no one to correspond at all closely to Thésée, but we can see Pierre as playing part of the role in that after his return to find an incomprehensible situation at home, it is his inter-vention on misguided moral grounds which, albeit indirectly, causes Bob's departure and fatal accident. In place of the account of Théramène, Augustin's letter relates the tragedy, while a letter from a priest tells of Bob's repentance, just as Théramène had reported Hippolyte's edifying last words. The character most closely resembling her prototype is Paule, but she too is eventually trivialized in a more radical way than the other characters are.

The relatively minor guilt of Élisabeth is expiated not by real death, but by a sort of death in life as she realizes the impossibility for her of human love and the nullity of her concern for property, while experiencing nothing better than a partly anaesthetizing effect from the consolations of religion.

There is another more subtle way in which *Phèdre* provides a special resonance for the novel. In the draft of an article entitled 'Le labyrinthe de Jean Racine', in which Mauriac discusses his long-standing and highly personal interpretation of *Phèdre* and in particular his own youthful reactions to 'le poison janséniste' in the play, he was later to write:

Au moins mon œil discernait-il déjà les données exactes du mystère incarné dans Phèdre: elle est l'héroïne racinienne dans le temps où elle paraît le plus coupable. Ni Hermione ni Roxane n'avaient attenté à la nature.

Elles se perdaient selon les règles reçues. Elles ne croyaient pas qu'elles fussent des monstres. C'est dans *Phèdre* que cette créature prend conscience de son étrangeté: fille de Minos et de Pasiphaé, mais aussi de Pasiphaé et du taureau, du cygne et de Léda, – *mère des diverses espèces de licornes femelles et mâles, – et les femelles sont des mâles et les mâles sont des femelles.*[20]

The italicized words, which do not seem to be justified by Greek mythology or in any obvious way by Racine's text, were omitted from the published article, but they help explain the presence in this *Phèdre*-inspired novel of the theme of confusion of the sexes. Although sometimes a little obscured by Mauriac's self-censorship, or conveyed indirectly by various real or proposed substitutions of male and female clothing, it is of major importance. We know that Bob, who is effeminate in appearance, has bisexual tendencies, and uses cosmetics of various sorts when most men did not. The very first time we see him, he is being covered with a woman's coat and later will use his grandmother's scarf as a cravate. At his funeral, the sight of all the flowers causes someone to remark: 'C'est sûrement quelque actrice' (p. 138).

While the theme is centred on Bob, it is not limited to him. If he is as he is, it seems to be in part because he is the victim of a pervasive uncertainty about male and female roles. The conversation of his Parisian friends hints at various reshufflings of sexual roles which seem to be frequent in their milieu, and even Élisabeth does not escape a certain transposition. She so completely takes over the traditionally male function of management that the servants and share-farmers no longer even think of Prudent as 'Moussu' (*Monsieur*) (p. 69) and he is further robbed of his masculinity. Thus it is not surprising that in their love making he does not succeed in arousing her, while she spoils the aftermath for him by raising managerial matters (p. 70).

Roméo et Juliette

The other dramatic model has so far escaped critical

comment, although Mauriac indicates it by quotation and indeed stays closer to its plot than he does with *Phèdre*. Bob hums a line of Gounod's *Roméo et Juliette* (see p. 112 and Note), thus explicitly likening his nocturnal parting from Paule in the garden to the famous balcony scene.[21] Compared with Roméo, Bob is of course a parodic hero, but his love for Paule, who is not devalued while he is alive, constitutes one of his redeeming features. Élisabeth, facilitating the meeting of the lovers, clearly corresponds to the Nurse, and the two families, if not hostile to one another, for we hear only vaguely about Paule's parents, would certainly be hostile to any such marriage. Augustin bristles when he sees Paule about to drive off after visiting Bob, and Paule explains that her parents hope to marry her to a wealthy local landowner.

It is Paule who has to go away, but she leaves Bob in a state of banishment, and eventually it is for lack of an explanatory letter that both Roméo and Bob perish. Bob has meanwhile been waiting in a house which is referred to several times as a tomb, thinking that Paule is irrevocably lost for him.

In a more general way we realize that Bob and Paule, like Roméo and Juliette in their confident assertion of the power and rights of young love,[22] are 'A pair of star cross'd lovers', who seemed about to triumph over all obstacles but were inevitably struck down. Mauriac rejoins Shakespeare in evoking the stars as destiny through the subtle touch of the drop of rain making the shape of a star as it falls on Bob's hand.

Both Croc and Petit,[23] with only the model of Racine's play in mind, have speculated with different conclusions about whether one may see *Destins*, or the central part of it, as adhering to the unity of time of classical dramaturgy. This may be a little beside the point if we also take account of the freer dramaturgy of *Roméo et Juliette* which follows Shakespeare in not observing the unity of time, and also in admitting violence on stage. The most theatrical scene in the novel, the encounter between Bob and Pierre on the terrace, with its vague echoes of the duel between Roméo and Tybalt, contains both violence and blood (parodic in the form of a bloody nose), even if the narration does not directly describe the blow struck.

Also as in tragedy, there is in *Destins* a ruthless setting aside of everything not essential to the main action, a concentration upon the relationships and inner life of a small group of characters, surrounded by others who have little or no inner life, being presented mainly by authorial comment, and who facilitate the unfolding of events. For the small group, Mauriac hopes to have shown that the human tragedy represented by death and bereavement is transcended by the reality of Christian salvation, and that determinist destiny is transformed into divine providence.

THE MODEL OF SILENT FILMS

Apart from the specific theatrical models which the text reveals, Mauriac has admitted his indebtedness to silent films (see *Préface*, p. 37). In 1952, while by now also identifying *Thérèse Desqueyroux* as modelled on films, he was even more categorical about *Destins*, saying: '*Destins* a été fait comme un film et pour un film; enfin dans mon esprit.'[24]

In *Thérèse Desqueyroux*, flashbacks took place through the memory of the main character until a point where memories were overtaken by the present, after which there was a single narrative movement to the conclusion. In *Destins*, the flashbacks are more spasmodic and indeed the very first, relating Jean Gornac's past, is essentially written rather than visual. The others take place to facilitate the narrative, and not always through the memory of a character. The analogous technique of 'Meanwhile, elsewhere...' is used to give the reader foreknowledge of Bob's death, while the very last sequence of the novel constitutes a 'flash forward' to show us what became of the survivors.

To be effective, a black and white silent film depended upon bold and, to our eyes, perhaps naively obvious use of black and white themselves in making points about characters.

Mauriac achieves this by clothing his two lovers in white for vital scenes, while the unsympathetic characters, Maria, Augustin and Pierre are in black, just as in old westerns the villain always wears a black hat.

Otherwise characters are identified by shape: Élisabeth's obese body on thin legs; by accessories: Jean Gornac's walking stick; and above all by their gestures and movements, which often speak for them. Each character has a typical way of moving, walking and using his or her hands, to such an extent that hands and feet become moral and psychological extensions of their owners. Bob's hands show his function as caresser and seducer, Pierre keeps cracking his fingers as an expression of his tensions and repressions, Élisabeth absent-mindedly rubs her hands over her thighs as she looks to where Bob and Paule are hidden, and in a vital scene we see Paule obsessed by Bob's hands which he will not let her kiss. One can trace a whole network of such metaphorical uses of hands and feet to the moments where we see Bob with blackened hands after the crash and Pierre sitting quietly with his mother and not cracking his fingers.

Every image and incident in a film is there for a specific purpose, either to create an atmosphere, to advance the action, to anticipate it, or to comment on it or the characters. In a sense film, especially silent film, presents a very deter-minist view of life, in that everything presented is designed for visible proof or corroboration, leading to what seems to be an inevitable conclusion. We have already seen the star of rain on Bob's wrist; the rain, as well as his encounter with Pierre, are announced thus: 'Un crapaud énorme traversa l'allée, signe de pluie. Comme Bob atteignait la terrasse il aperçut Pierre, vêtu d'un complet sombre' (p. 113). Similarly, when Bob is isolated in his tomb-like room, after his attack on Pierre, the presence of flies is twice noted.

Movement

To be properly seen and identified, toad and flies have to be in movement, they are part of a moving picture, and the same principle applies to humans. The whole novel is marked by much coming and going, from the moment we see Élisabeth scurrying to get a coat to cover Bob on the first page to her slow ascent by carriage back to Viridis on the last. In Paris Bob, constantly dashing in and out of the flat, is eventually immobilized, but then people come to him; he is sent to Viridis, and Paule comes to him there, then Pierre arrives by train; later the Parisian friends arrive and take him off, after which he kills himself by driving a car too fast; then he is brought back to Langon for burial and we see Élisabeth going back and forth in her carriage; Paule arrives and departs again, then Élisabeth accompanies Pierre by train to Marseilles where he takes ship for Africa, while Élisabeth returns by train. In the very last episode of the novel, there is a particular concentration of conveyances. Some years after the tragedy, Élisabeth leaves her carriage to enter a shop and sees a car parked outside with the engine left running; she is driven to the cemetery where she walks past a hearse; while she is in the cemetery a cart is heard passing by, and then a locomotive, and finally she is driven home. Here the intention seems to be to suggest a busy life going on around her in which she is forced to participate despite herself, dragged along like a corpse in a river, but still moving. Yet this busy life and the scurrying about of the characters are seen to be empty and pointless, illustrating Mauriac's endorsement of two ideas of his favourite author, Blaise Pascal, who in his *Pensées* saw man as trying to avoid confronting basic spiritual issues through activity of one sort or another (*divertissement*), and stated that 'tout le malheur des hommes vient d'une seule chose, qui est de ne savoir pas demeurer en repos, dans une chambre'.

Much of the movement happens at an unexpected and therefore dramatic moment, particularly at Viridis, where virtually every arrival and departure occurs either too early, causing surprise or embarrassment, or too late, creating suspense or disappointment, with Élisabeth in particular frequently being in the wrong place at the wrong time. An unexpected crowd of a strange type turns up at the church for the funeral service, and the pattern continues right through, to Elisabeth's fleeting encounter with Paule at the Langon pastrycook's. The same phenomenon occurs even with inanimate objects: flowers suddenly arrive at the flat, a letter comes to Viridis announcing Bob's death, and then an extraordinary number of flowers are sent for the funeral.

With arrivals and departures there is much opening and shutting of doors which heightens the element of suspense and surprise. This is particularly so where Bob is concerned; he often has to be sought behind a closed door, or emerges from one as when his Parisian friends arrive at Viridis, or else is glimpsed through a half-open one, or even through the keyhole, when he is closeted with his friends or wishes to be alone.

Although Mauriac has insisted upon the importance of the silent film model, *Destins* is far from being a script or scenario. It simply incorporates some slightly new techniques of visual imagery with use of flashbacks and parallel or anticipatory narrative into much the same sort of novel that he had previously written. The techniques of film are certainly not relevant to much of the material, such as conversations which could hardly be conveyed by gestures, and reflections by characters and comment by the author which depend totally upon the spoken or written word. It is important to remember that Mauriac made his remarks about the model of film before becoming actively involved in turning *Thérèse Desqueyroux* into a film in 1962. He then discovered that, even with the benefit of sound, a different medium means a different message. *Destins* itself was eventually turned into a successful television film in 1965, resurrecting much of the critical controversy which had surrounded the original publication.

METAPHORICAL PATTERNS

Although not all the literary effects of the novel are convertible into visual terms, the attempt to write as if for a film combined with the clear lines of development which Mauriac obviously had in mind means that *Destins* has a far more fully developed and consistent set of metaphors than previous novels. Indeed 'metaphor' is almost too mathematical a term to indicate the way in which Mauriac makes nature and various objects in the visible world become extensions or reflections of the characters' situation and emotions.

As far as imagery based on landscape is concerned, there is a clear development from *Thérèse Desqueyroux*. There, the heroine's perception of the pine trees of the Landes varies in a completely subjective way with her own situation. Here, the course of events requires that one view of nature and of the Garonne landscape give way to another. Nature is initially an accomplice of human love and then later appears as a desert or ocean floor, drained of any coherent meaning.

When Bob and Paule disappear out of doors at Viridis, it is into a heat which reflects and encourages the heat of their own passion, and into a territory where time itself stands still and good and evil are transcended because it is also apparently Edenic in nature. When she arrived, Paule had already seemed half-naked to Élisabeth, and this impression is reinforced regarding both lovers when they return from their idyll. A little later Bob 'agitait au bout de son bras un caleçon minuscule' (p. 87) and it is only at the end of the novel that we realize the full significance of the sight for Élisabeth, as she passes the spot where she saw Bob as a child: 'il revenait de la rivière, son petit caleçon mouillé à la main, il mordait dans une grappe noire' (p. 157). Bob was already a Pan-like figure outside any Christian value system, at one with nature and spontaneously hedonistic; and already, perhaps, Élisabeth had unconsciously succumbed to a charm which was not purely that of a substitute son.

But the enchanted moment of Paule and Bob proves to be no more than a moment, illusory at that, so it is not surprising that *Destins* was to be the last novel in which Mauriac would show any complicity between nature and passion. Yet when he came to read it in 1950, it was precisely its 'nature panique' which delighted him (see *Préface*, p. 37).

We have already seen how hands and feet become indi-
cators of character, and Mauriac points out that Élisabeth is
trapped in a body which does not reflect her own image of
herself (see *Préface*, p. 37).[25] Character and predicament
have other means of expression which can be traced in detail.
Firstly, there is the recourse to comparison with animals and
insects either to show some aspect of the major characters or
rapidly to delineate minor ones. Clothes can reflect not
merely temperament, which is to be expected, but life style
and aspirations, particularly in the case of Pierre. Roses
represent love, so at Bob's funeral they arrive in great quan-
tities, 'de toutes les espèces connues' (p. 138), reflecting his
various liaisons, the moral worth of which is indicated by
their rapid withering 'au ras des égouts' (ibid.). Augustin,
who has never known love, is sickened by their perfume.

The two elements of fire and water, the one threatening
the pines and the other so frequently not there when needed,
or else falling as hail on the vineyards, combine to destroy
Bob after we have already seen him made ill by rain, then
with a premonitory star of rain upon his hand. A little later
he thinks that 'Être mort, c'est subir ainsi indifféremment
l'eau et le feu, c'est devenir une chose' (p. 119). Ironically,
his extremely painful death will be by water and fire, and
lead him not to becoming a thing, but to eternal life. He will
die with blackened hands, as though guilty, but we know
from the priest's letter that he accepted his suffering, which
thus became a cleansing of moral guilt.

At other stages in the novel there is a subtle play of
contrasts between the ideas of moral and physical dirtiness
and cleanliness. When first seen, Pierre has a face dirtied by
smoke from the train, and a little later we see the suffering in
his eyes shine through his grimy, unshaven appearance. For
Bob, he is 'ce sale Tartufe' (p. 113), while he sees himself as
being not a 'crapule' like Bob, but among those leading clean
lives. Bob on the other hand has a mania for physical cleanliness, by contrast with his father and almost all the people at
Viridis, and by completely symmetrical contrast with Pierre,

pure of mind and dirty of face. But his Paris friends find that he has a metaphorically 'sale tête' (p. 127) when they come for him at Viridis. The measure of the moral decline of Paule is given by Élisabeth's 'Quelle saleté!' (p. 134) after the confrontation which ends Paule's second visit.

In *Thérèse Desqueyroux* Mauriac had already used smoking as a sign of dangerous self-indulgence and another form of poisoning. Here, it represents moral corruption more clearly. Bob's fingers, 'roussis' by cigarettes, will later have to be burnt pure. Cigarette butts are a trademark of the Parisian group of friends, and the fact that Paule smokes seems to be an early sign of her moral insufficiency. Lighting of a cigarette shows traces of 'louche fatigue' (p. 98) on her face, and when she criticizes Pierre's censorious attitude, her coughing over her cigarette and her sneer at his not smoking seem to invalidate her own. The metaphorical function of cigarettes is borne out by the fact that at moments of stress when realistically we might expect Bob to smoke, he does not do so.

Smoke of other sorts is also shown to be dirtying, like the smoke of locomotives which soils the blue sky, but it fulfils a different obliquely metaphorical purpose in the idyll passage, where Élisabeth is anxiously watching forest-fire smoke on the horizon, while aware that 'un autre incendie couvait, tout près d'elle' (p. 83). The natural smoke reassuringly disappears, and presumably reassures us about the behaviour of Bob and Paule as well, but when they reappear Élisabeth imagines the worst and looks for signs of a past fire in their demeanour. This episode prepares us for that in which she lets her thoughts about Bob wander dangerously: the lamp in the room sputters and lets off foul-smelling smoke.

MORALS AND AMBIGUITY

No other novel by Mauriac has provoked such widely divergent critical judgements, particularly among religiously orientated critics wishing to analyse its moral significance or

message. Their opinions ranged from thorough condemna-
tion through presumably embarrassed silence to enthusiastic
approval, while from another direction Roger Martin du
Gard and André Gide suggested that Mauriac was really
pleading the devil's cause.[26]

The personal moral

The personal moral hidden in the juxtaposition of Bob and
Pierre, the two halves of Mauriac, is particularly harsh. The
artist-gigolo must die to save his soul, and even if we interpret
Bob's death as meaning for Mauriac as novelist simply
silence, it is a silence that cannot be broken. Likewise the
defender of religion must abandon any hope of influencing
or changing people through direct contact; he must cut himself off from society and serve God in solitude, with an
inward spiritual life having effects on others both certain and
unknowable. The very fact of embodying himself in two
mutually antipathetic characters also means that at this stage
Mauriac was unconsciously convinced that the artist and
believer could not be reconciled; even if the artist has been
misjudged or unfairly treated, ultimately it is the believer
who is right. If *Thérèse Desqueyroux* was 'le roman de la
révolte', then *Destins* can be interpreted as a recognition that
the revolt has failed, and it thus foreshadows what was to
happen after the novel was published.

Explicit and implicit morals

At the more conscious level Mauriac's intention was apparently to demonstrate with a desperate optimism that
salvation is possible for the scandalous sinner as for the
self-righteous hypocrite, and that, as Bob and Pierre find
salvation in opposite directions, the scope of salvation must
be very wide.

Nevertheless certain types of character seem to be excluded
from it. Augustin's initial choice to abandon his highly

problematical vocation to the priesthood is confirmed by the whole course of his life, so that by the time he comes to write the letter explaining the circumstances of Bob's death, his earlier self-satisfaction has become such a monstrous self-righteousness that he is obviously impervious to any sort of humility and recognition of error, which are the beginnings of any religious conversion. Hearing the truth about himself does not change him, and the only truths he utters are ironic ones of which he is unaware.

His patron in the abandonment of religion, Jean Gornac, does not seem to bear any of the blame for this, and after a lifetime of anti-clericalism is even granted a somewhat parodic death-bed conversion, in circumstances which Mauriac believed to have been those of his own grandfather. The difference between the moral judgements of the two men seems to derive from the fact that, exacting domestic tyrant as he is, subordinating everything and everybody to his attacks of sciatica, Jean Gornac does also have some slight humanity about him; he comes to realize how powerless he is to control events, expresses pity at Bob's death and even speaks in a kindly way to Maria. All this is very little, but enough to give him the provisional sort of salvation arising from accepting the last sacraments like a wise bet. A completely different interpretation of Jean's conversion would be that it is meant as a grimly ironic comment on what genuine repentance and conversion really are.

Maria does not seem to have any spiritual dimension at all; she is simply a hostile presence for Bob and a frequently spying one for Élisabeth, and her death is briefly related as a fact without ramifications which completes the departure of the generation of grandparents from the scene. One may see her as the provincial counterpart of the Parisian friends in one respect, in that like them she provides some of the impulse which takes Bob on his fatal flight.

The divine justice which is meted out to Élisabeth seems to be of a different dispensation from that for Bob and Pierre, and it is this which should count for more, as she is the

Phèdre of the parodic tragedy, the 'title' character if Mauriac had chosen to entitle this novel as he did with Thérèse Desqueyroux, whom she resembles in taking a dangerous path almost without realizing it. Her passion for Bob is there in a latent form even when she is making Paule's visit possible, and causes her to misread their body language and other signs as they emerge from their idyll at the moment when their love is apparently not only pure, but possible. What for her at the time are simply regrets at her lack of emotional and physical fulfilment in her marriage are seen by us as the first manifestations of a desire to have Bob for herself which eventually emrges as the unreal daydream of him abandoned by Paule and appreciating her own capacity for love.

In a sense her fantasies are punished by the course of events. But events also show that something more than fantasy was involved, that she had focused all her frustrated love upon Bob in a way which in one respect is more scandalous than Phèdre's passion for Hippolyte, because Bob benefits both from a frustrated sexual love and the maternal love which she is incapable of applying to her own son. Her avowal, when it comes in the church and in Pierre's presence at the sight of the coffin, with her first 'toi' to Bob ironically answering his first and unheard 'toi' to her as she fled in horror, constitutes another stage in her punishment and humiliation, and is far from cathartic in its effects. In the privacy of her room she continues for months to weep for him.

When she ultimately realizes the guilt of such continuing grief and confesses it, she is told: 'Vous êtes bien toutes les mêmes, ma pauvre fille' (p. 154), which is tantamount to saying that there is a common, specifically female nature of suspect rationality and morality, and we are reminded of the 'vide surtout sensible chez les femmes' of the 'apologie indirecte' formula. At the end of the novel we see her still suffering, but less acutely, from her love, now that 'la graisse gêna les mouvements de son cœur' (p. 156), a sentence which economically conveys both her advancing age and the way in which more than ever her affections are imprisoned by her body. She has to go through the meaningless motions of living, finding only very small consolation from religion.

Despite the devaluation of Élisabeth along with the rest of womankind by the priest, she may be seen as the vehicle of another surreptitious and seditious moral like the 'révolte' of *Thérèse Desqueyroux*. On the surface, religious values are affirmed through the words of the priest and by what seems to be her continuing punishment. Beneath, a more urgent message seems to be that every woman has the right to human love, and that if this is lacking it is not religion which is going to provide any consolation that really matters. However, it also seems to be the case in the world of *Destins* that even legitimate married love is something unattainable.

With Paule, the process of devaluation is more gratuitous, because initially she has been presented as a pure and upright girl, with a lucid mind and a basic frankness which, while part of her emancipated demeanour, also save her from being sanctimonious. She obviously belongs to a different, if unspecified, circle from Bob's client-admirers, and he keeps her quite separate from them on a special idealizing basis which she seems to deserve, and which of course maintains her ignorance of his sexual depravity.

Her return to Viridis after Bob's flight, now knowing the truth about him and yet wanting to become not his wife but his mistress, after having been drawn away from her previous moral standards by a mysterious friend at Arcachon, tends to put into question everything we previously thought we knew about her. We wonder whether she was after all corrupted by Bob, and go back to certain episodes to find that while they contain some ambiguities, they do not endorse this speculation. If they did, her conduct during and after her conversation with Pierre would be meaningless. But we realize that her coiffure and short dresses have been against her from the start. Depicted almost entirely from external vantage points, through what she says and how she appears to others, and thus lacking the solidity of the other main characters, she is then forcibly devalued to fit the symmetry of Mauriac's final demonstration and provide another illustration of the 'vide surtout sensible chez les femmes' (see p. 6).

The Racinian symmetry of cast and plot is interestingly combined with a moral complexity in the characters which undoubtedly follows the model of Dostoevsky[27] and which within the text is articulated by Élisabeth. In the *Préface* Bob is described as an 'être inconsistant' (p. 37), and he becomes almost the test-case to justify seeing not simply moral complexity but a sort of moral discontinuity as part of human nature. Élisabeth is twice his defender, somewhat clumsily with Pierre, and much more eloquently with Paule, to whom she quotes the case of the disgraced priest, subject of a sordid scandal and at the same time a devoted pastor, in an effort to make her realize that Bob must be accepted as he is once the vital element of love is present. With all his turpitude Bob is also a loving son to his mother, which is a great virtue in Mauriac's world; he realizes that his friends 'sont à vomir' (p. 63), shows love and respect for Paule and hopes that through her he may be able to live a new life. The trouble is that we have had no very clear picture of what Bob in his turpitude is. Mauriac has often been praised for being able to combine discretion with candour when dealing with scabrous topics, but in the case of Bob, it would be more correct to talk of self-censorship combined with over-writing which lacks any psychological plausibility (see especially p. 117). 'Inconsistant' he certainly is, apparently being at once voluptuary, prostitute and figure of youthful beauty and innocence. Bob's circle seem attracted to him out of nostalgia for their own 'jeunesse souillée' (p. 60), and their attitude towards him is neither that of sexual clients nor of people knowing him to have clients. While Élisabeth's picture of him predominates, there seems to be hope for his love of Paule; when Pierre's picture predominates, we know the love is doomed, and Paule is devalued, as well as being paradoxically made morally complex, not because she is willing to follow

Élisabeth's advice and accept both sides of Bob, but because she is prepared to accept the worse side of him.

In the end we wonder whether Mauriac endorses moral complexity as essential to the completeness of a human being; or simply notes it as the inevitable mixture of good and evil in us all; or in a spirit of perfectionism is hinting that something different is possible. Here too a conscious moral may be at odds with an unconscious one: Mauriac's sympathetic narration of the more scandalously complex characters like Bob and Élisabeth is perhaps an expression of his own personal dilemma of the believer who keeps on sinning and the sinner who keeps on praying.

After the personal moral reform which reactions to *Destins* in part provoked, Mauriac was prepared, at least for some people, to disavow 'ce triste *Destins*'.[28] Years later when the television film version had appeared, he claimed that, despite himself, the novel was 'pénétré de grâce'[29] because of the spiritually beneficent effects some of its readers had testified to. Ultimately, each reader has to decide whether a message of 'tristesse' or 'grâce' predominates, or indeed whether Mauriac is trying to show that they must remain inextricably bound together in the several destinies he has depicted.

Is reciprocated human love impossible in the nature of things? Is there always bound to be such a discrepancy of expectations between partners, or are these characters the victims of a specific set of circumstances? Is all human activity vain, as Élisabeth's management of the vineyard is, or does there exist a life somewhere that can usefully be led? Do the death of Bob, the death in life of Élisabeth and the departure of Pierre convey some message of hope or at least resignation, or does the removal of all the protagonists except Élisabeth and Paule, both of them reabsorbed in different ways by the materialistic provincial system, show that some fate weighs heavily indeed upon the emptied provincial landscape just as a heavy moral disapproval weighs upon the Parisian setting? At the end of a Shakespearean tragedy, despite all the corpses, there are people left to carry on life and to hope to learn from what they have witnessed. Does the absence of such characters at the end of *Destins* suggest a radical pessimism, or an optimism because after all Mauriac wishes to show that death or exile can be victories, and that we, the readers, are those who have to live and learn?

NOTES TO THE INTRODUCTION

N.B. Books listed in the Bibliography (p. 38) are referred to in the notes by author and/or abbreviated title.

1 The *Sillon* movement was founded and led by Marc Sangnier, who once spent a night at the Mauriac family home at Langon during a visit to the Bordeaux area. Various details of this visit appear in *L'Enfant chargé de chaînes*, which presents a largely satirical picture of the movement, the leader and his followers, and François's momentary enthusiasm for it (see John Flower, pp. 31–8). In *Destins* the depiction of Pierre Gornac, with his Christian democratic ideals which enable him to gain the sympathy of a communist opponent but are no help against the royalists, may be seen as another belated satire of Mauriac's *Sillon* involvement, as well as reflecting the conservatism of his political views in 1927.

2 See François Mauriac, *Nouveaux Mémoires intérieurs* (Paris, Flammarion, 1965), p. 237 and Claude Mauriac, *Les Espaces imaginaires* (Paris, Grasset, 1975), pp. 208–9.

3 Preface to *Œuvres complètes* X (1952) in *Œuvres romanesques* ... I, pp. 988–9.

4 Preface to *Œuvres complètes* I (1950) in *Œuvres romanesques* ... I, p. 990.

5 Mauriac saw at least one of these new styles as reflecting an undesirable change in expectations about the way women should behave. He twice wrote: 'Devant l'armée des jeunes hommes en révolte contre les règles du jeu amoureux, les femmes perdent la tête, et comme chez les rois mérovingiens, le retranchement de

leurs cheveux devient le signe de leur abdication.' (*Le Jeune Homme* and *Le Roman* in *Œuvres romanesques*. . . **II**, pp. 712 and 754).

6 André Gide's *Corydon*, an apologia for homosexuality which represented his own 'coming out', appeared in 1924. Although conceding some possible good effects from the book, Mauriac was struck by the unprecedented reversal of values which it represented, with Gide no longer able to recognize evil for what it was. (See *Cahiers François Mauriac 3: Correspondance entre François Mauriac et Jacques-Émile Blanche (1916–1942)* (Paris, Grasset, 1976), p. 118.)

7 Frédéric Lefèvre, *Une Heure avec*. . . 1st series (Paris, Gallimard, 1976), p. 220.

8 Interview quoted in François Mauriac, *Thérèse Desqueyroux*, ed. and with an introduction by Cecil Jenkins (London, University of London Press, 1964), p. 29.

9 'Souffrances du chrétien', *Nouvelle Revue Française*, l October, 1928.

10 See Lacouture, pp. 228–31, 603. Cecil Jenkins offers a more explicit confirmation in *Mauriac*, p. 79.

11 *Le Nouveau Bloc-notes, 1965–1967* (Paris, Flammarion, 1967), p. 420.

12 One passage in *Le Jeune Homme* shows that Mauriac already associated the idea of *destin* with Bob's situation:

> Plus qu'à aucune autre époque, ceux qui souhaitent de s'étourdir y sont aidés. Les paradis artificiels ne furent jamais d'un accès plus facile. Et, sans parler des cocktails dont beaucoup de garçons, depuis la guerre, abusent, une ivresse est particulière à notre temps: la Vitesse, griserie inconnue de nos pères, folie qui emporte sur les routes, dans un nuage de poudre, ces jeunes hommes casqués ou tête nue, à figure de destin. (*Œuvres romanesques*. . . **II**, p. 688)

13 The title seems to have been chosen quite deliberately to stress the symmetrical contrast of Pierre and Bob. After the appearance of the *Annales* version Mauriac wrote to his brother Pierre:

> Si tu lis la seconde et troisième parties de *Destins*, tu verras un catholique antipathique et un débauché plus sympathique, mais tout de même misérable et voué à la mort. Je ne prêche ni pour l'un, ni pour l'autre. Ce sont deux *destins*, deux ouvrages différents, mais cohérents, complets. (*Lettres d'une vie*, p. 144)

14 Quoted in *Dieu et Mammon* (*Œuvres romanesques*. . . **II**, p. 777).

15 For somewhat different reasons Mauriac already saw himself as a prostitute at the time of the success of *Le Baiser au lépreux*, when he wrote to his wife of 'cet instant de mue entre le gigolo de lettres et le romancier' (*Lettres d'une vie*, p. 400). Bob's father's refusal to believe that anyone could possibly pay money to have their interiors arranged for them may be seen as reflecting Mauriac's father-in-law's refusal to take his career as a writer seriously.

16 *L'Action française*, an anti-democratic, ultra-nationalistic political group which published a newspaper of the same name, advocated restoration of the monarchy and of the privileged position of the Catholic Church in a state foreshadowing many fascist characteristics.

17 Cf. Mauriac's remark in *La Province* (1926): 'Les autos violent la campagne' (*Œuvres romanesques*. . . **II**, p. 736).

18 Convinced that the modern novel depended for its continued existence upon depiction of moral issues, Mauriac was struck by the fact that some contemporaries could no longer appreciate those at stake in *Phèdre* (See *La Province*, p. 726 and *Le Roman*, p. 753 in *Œuvres romanesques*. . . **II**). *Destins* may thus be seen as an attempt to present them in a more understandable modern setting.

19 'Un auteur ne se décide à écrire une biographie entre mille autres, que parce qu'avec ce maître choisi il se sent accordé: pour tenter l'approche d'un homme disparu depuis des siècles, la route la meilleure passe par nous-mêmes' (*La Vie de Jean Racine* in *Œuvres complètes* **VIII**, p. 59).

20 The draft, entitled 'Le labyrinthe de Phèdre', comprises a manuscript and a typed copy (MRC456 of the Fonds Mauriac at the Bibliothèque Littéraire Jacques Doucet). The article was published in *Le Figaro littéraire*, 25 June 1958, and included in *Mémoires intérieurs* (1959).

21 There is no need to look further than this version with music by one of his favourite composers for Mauriac's starting point, but it is worth pointing out that just a few years previously, in 1924, his friends Jean Cocteau and le comte Étienne de Beaumont had produced their own operatic version of *Roméo et Juliette* which he had attended on the evening of the day that he read Gide's *Corydon* (see note 6).

22 The introduction of *Roméo et Juliette* contains the sequence:

'Nargue, nargue des censeurs! Qui grondent, qui grondent sans cesse! Fêtons la jeunesse!' (*'Romeo and Juliet': Grand Opera written by Jules Barbier and Michel Carré: English Version by H.B. Farnie* [French text included]: *Composed by Ch. Gounod* (London and Melbourne, Chappell [n.d.], pp. 30–1).

23 See Croc, pp. 31–2 and Petit in *Œuvres romanesques*. . . **II**, p. 998.

24 *Souvenirs retrouvés: Entretiens avec Jean Amrouche* (Paris, Fayard/Institut de l'Audiovisuel, 1981), p. 241.

25 Cf. in *Le Jeune Homme*: 'Il n'y a nulle correspondence entre notre déchéance physique et notre coeur qui ne vieillit pas' (*Œuvres romanesques*. . . **II**, pp. 702–3).

26 See Lacouture, pp. 230, 241–2.

27 In *Le Roman* Mauriac devotes several pages to discussion of the complexity of Dostoevsky's characters, by contrast with those of Balzac, and concludes thus: 'Il s'agit de laisser à nos héros l'illogisme, l'indétermination, la complexité des êtres vivants; et tout de même de continuer à construire, à ordonner selon le génie de notre race, – de demeurer enfin des écrivains d'ordre et de clarté. . .' *Œuvres romanesques*. . . **II**, pp. 763–5).

28 In postscript to letter to Paul Claudel (*Lettres d'une vie*, p. 162).

29 *Le Nouveau Bloc-notes*, pp. 70–1.

PRÉFACE (1950) TO DESTINS

Destins est le premier de mes récits où je décèle l'influence du cinéma muet. Il me touche davantage que *Le Baiser au lépreux* et que *Genitrix*, bien qu'il n'ait pas connu auprès du public la même faveur. Par ses qualités et par ses défauts, je le trouve plus attachant. Mais quel mauvais titre! et qui pourrait convenir au premier livre venu. C'est un signe inquiétant lorsque le vrai titre ne se dégage pas du récit, ne s'impose pas. La mythologie aurait dû m'inspirer, car Bob Lagave fait songer à Narcisse ou à Ganymède, comme Élisabeth Gornac à Junon, et tout le paysage est en proie aux dieux. L'atmosphère panique de *Destins* m'enchante encore, je l'avoue: j'y entends murmurer toutes les prairies de mon enfance «au long des accablants et des tristes étés».

Mais Bob Lagave, c'est aussi le garçon de 1920 que j'ai connu au *Bœuf sur le toit*, «le jeune homme» dont j'ai traité dans un essai paru chez Hachette, l'être inconsistant que la jeunesse touche de son bref rayon et, tant qu'il est pris dans le faisceau lumineux, il éveille les convoitises, il entend autour de lui craquer les branches. Que notre corps n'ait pas l'âge de notre cœur, c'est le drame d'Élisabeth Gornac. Son cœur s'éveille à l'amour quand elle n'est plus qu'une lourde femme déjà flétrie, et l'être qu'elle aime est un enfant débauché, et elle a pour témoin de sa passion son propre fils, petit séminariste amer et sombre. Les deux garçons dressés l'un contre l'autre, ce Bob Lagave et le pieux fils Gornac sont également tirés de ma propre substance et incarnent ma profonde contradiction. Cela, je ne l'ai pas voulu en les créant; ce ne fut de ma part nullement délibéré. Mais c'est un fait qu'après trente ans, je me reconnais dans l'un et dans l'autre comme dans des fils ennemis et pourtant nés de la même chair. (*Œuvres complètes*, **I**, pp. iii–iv)

BIBLIOGRAPHY

EDITIONS OF *DESTINS*

1 First edition: *Destins*, Paris, Grasset, 1928 (with minor changes to and deletions from version published in *Les Annales*, 30 March – 15 May 1927).
2 In Vol. **I** (1950) of François Mauriac, *Œuvres complètes* **I–XII**, Paris, Bibliothèque Bernard Grasset chez Arthème Fayard, 1950–6). (These volumes lack many of Mauriac's works, but are still the fullest collection available; preface to Vol. **I** includes comments on *Destins* reprinted on p. 37)
3 In Vol. **II** of François Mauriac, *Œuvres romanesques et théâtrales complètes. Edition établie, présentée et annotée par Jacques Petit*, Paris, NRF Gallimard, 1979. (Contains valuable commentary, notes, and details of manuscript and *Annales* variants for *Destins*; Vol. **I** (1978) contains general preface on Mauriac's novels and chronology of his life. These volumes are used for reference whenever possible.)

WORKS BY MAURIAC RELEVANT TO *DESTINS*

Le Jeune Homme, 1926 (in *Œuvres romanesques*. . . **II**).
La Province, 1926 (in *Œuvres romanesques*. . . **II**).
La Vie de Jean Racine, 1928 (in *Œuvres complètes* **VIII**).
Le Roman, 1928 (in *Œuvres romanesques*. . . **II**).

CRITICAL MATERIAL ON *DESTINS*

Croc, Paul, '*Destins*' de *François Mauriac*, Paris, Classiques Hachette, 1972. Most valuable succinct treatment of genesis, narrative technique, imagery and moral implications of novel.

Turnell, Martin, *The Art of French Fiction*, London, Hamish Hamilton, 1959, pp. 337–44. Tendentious and sometimes inaccurate, but stimulating.

BIOGRAPHIES AND GENERAL STUDIES OF MAURIAC

Flower, John, *Intention and Achievement: An Essay on the Novels of François Mauriac*, Oxford, Clarendon Press, 1969. Useful background, especially for early novels.

Jenkins, Cecil, *Mauriac*, Edinburgh & London, Oliver Boyd, 1965. Shows impact of religion on the novelist.

Lacouture, Jean, *François Mauriac*, Paris, Éditions du Seuil, 1980. Very full biography relating life to works.

Simon, Pierre-Henri, *Mauriac par lui-même*, Paris, Éditions du Seuil, 1955, repr. 1974. Brief graphic presentation.

Speaight, Robert, *François Mauriac: A Study of the Writer and the Man*, London, Chatto & Windus, 1976. Summarizing approach.

DESTINS

I

– Le vent est frais. Vous n'avez pas de manteau, Bob? Je vais vous chercher le mien.

Le jeune homme protesta qu'il étouffait, mais ne put retenir Élisabeth Gornac; elle se hâtait lourdement vers la maison; sur le sol durci, entre les charmilles grillées par la canicule, elle peinait comme si ses jambes, fines encore, ses pieds petits, n'eussent plus eu la force de soutenir un corps presque obèse. Bob grommela:

– Je ne suis pas si malade...

Pourtant, assis sur la pierre brûlante de la terrasse, il souffrait de ce que rien n'étayait son dos, ses épaules, sa nuque; si faible encore, qu'il n'aimait point qu'on le laissât seul. Et il s'impatientait de voir, à l'extrémité des charmilles, Élisabeth Gornac, immobile, attendant qu'eussent fini de défiler, vêtus de blouses tachées par le sulfate,* les journaliers catalans. Ils la dévisageaient et ne la saluaient pas. Elle songea:

– On ne sait plus qui on a chez soi.

Mais il fallait bien qu'aux bords dépeuplés de cette Garonne, la vigne continuât de donner son fruit. Élisabeth répétait à son beau-père Jean Gornac:

– Ils finiront par nous assassiner, vos Catalans...

Pourtant, elle eût consenti, comme lui, à embaucher des assassins pour ne pas laisser souffrir la vigne: d'abord, que la vigne ne souffre pas!

Dans la cour que limitent le château décrépit et les deux chais* bas, Élisabeth aperçut son beau-père assis, une canne entre les jambes. Le sang afluait à ses joues, à son crâne trempé de sueur, gonflait les veines de ses mains, de son cou trop court, de ses tempes.

– Père, vous êtes encore allé dans les vignes, sous ce soleil!

– Croiriez-vous, ma fille, que Galbert a effeuillé* malgré mes ordres? Il espérait que je n'irais pas voir...

Mais, sans l'entendre, Élisabeth a pénétré dans la maison. Le vieux gronde contre sa bru. Il ne la voit plus jamais; elle ne tient plus en place. La voici avec un gros manteau sur les bras: elle a de la chance d'avoir trop frais.

– Ce n'est pas pour moi; c'est pour le petit Lagave. Vous savez qu'il suffirait d'une rechute...

Déjà, elle courait presque vers les charmilles, sans entendre pester le vieux Gornac: il n'y en avait plus que pour ce drôle,* maintenant – pour ce «gommeux».*

– Quand je pense que Maria Lagave, sa grand-mère, venait en journées chez moi* et faisait toutes les lessives!

Mais son fils Augustin, le père de Bob, avait atteint «à la force des poignets», un poste élevé dans l'administration des finances. M. Gornac oublie sa colère, il sourit toujours lorsqu'il pense à Augustin Lagave.

– Maria Lagave, où en serait-il, aujourd'hui, ton Augustin, si je ne m'en étais mêlé?

Chaque fois qu'il interrogeait ainsi sa voisine, la vieille répondait:

– Sans vos bons conseils, monsieur Gornac, nous crèverions de faim, Augustin et moi, dans une cure du Sauternais ou des Landes.

Elle était, certes, intelligente, et ambitieuse pour son garçon, qui apprenait tout ce qu'on voulait: le curé de Viridis lui avait obtenu une bourse au petit séminaire.* Cette paysanne, vers 1890, avait encore le droit d'imaginer qu'un enfant, qui a de l'instruction et de la conduite, peut se faire une belle position dans l'Église. Les cures florissantes ne manquaient pas où la mère du pasteur vieillissait dans l'aisance et entourée de considération.

Pourtant, Jean Gornac, alors dans toute sa force, avait flairé déjà d'où venait le vent. Bien qu'il ne se fût jamais senti beaucoup de goût pour l'Église, il n'aurait point songé, en d'autres temps, à lui faire la guerre. Sans doute avait-il puisé dans les morceaux choisis de Voltaire et dans les chansons de Béranger,* les principes d'un anticléricalisme solide et traditionnel; mais ce petit bourgeois n'était pas homme à régler sa conduite sur des idées. Ce qu'il appelait sa religion du progrès parut même subir une légère éclipse en mai 1877. Dès les élections républicaines du 14 octobre,* il s'établit enfin, pour n'en plus sortir, du côté du manche. Plus que tout, le krach de l'*Union générale*,* cette déconfiture à la fois financière et catholique, avait aidé à l'y maintenir. Jean Gornac, bien des années après, pâlissait encore en songeant que si son dévot de père, mort en janvier 1881, avait vécu quelques mois de plus, toute sa fortune y eût été engloutie. Jean n'avait eu que le temps de liquider ses *Unions générales,* ses *Banques impériales et royales privilégiées des Pays autri-chiens*, que patronnait l'*Union*.

– Quand je pense que père aurait pu vivre une année de plus...

Cependant, il répétait à Maria Lagave:

– Il n'y a pas de mal à ce que ton Augustin finisse ses études au petit séminaire ; ça ne te coûte rien, et c'est autant de pris sur l'ennemi.

Lui-même avait interné ses deux fils au collège diocésain de Bazas : la nourriture y est meilleure qu'au lycée; il y a plus d'air; c'est mieux composé.

Il se rappelle encore ce jour de feu, au début d'août, où il vit descendre, en gare de Langon, Maria Lagave coiffée de son plus beau foulard,* les bras chargés de livres rouges, de couronnes vertes et dorées.* Augustin la suivait, empêtré dans sa première soutane:

– Il va falloir lui dire moussu le curé, maintenant?

– On te doit donc le respect, hé! Augustin!

Ainsi se moquaient, autour de lui, garçons et filles.

Jean Gornac avait ostensiblement détourné la tête; mais le soir même il entrait chez les Lagave, familier, autoritaire; il

s'installait, sans craindre de troubler le repas de famille où
l'on fêtait le garçon qui avait obtenu, outre tous les premiers
prix de sa classe, le diplôme de rhétoricien. En vain Maria
Lagave criait que ces messieurs exigeaient la soutane pour
leurs élèves de philosophie;* qu'il serait bien assez tôt de la
quitter quand ces messieurs songeraient à tonsurer*
Augustin.

– Mais, pecque!* tu ne vois pas qu'elle s'attachera à lui
comme de la glu? que ce souvenir le suivra partout et lui fera
une réputation de défroqué?

Pour qu'il consentît à les laisser dîner tranquilles, Maria
dut promettre que, dès le lendemain, l'enfant reprendrait le
costume civil. Jean Gornac s'engageait à lui donner un vêtement neuf et à lui payer son année de philosophie au lycée.
Comme Maria se lamentait à cause de cette soutane «qui
avait coûté gros et qui ne serait portée qu'un jour», il acheva
de la convaincre en lui suggérant de s'y tailler pour elle une
bonne jupe:

– Regarde-moi ce drap: ça durera autant que toi.

Ce fut, en ces années-là, le beau temps de Jean Gornac. Au
plus florissant commerce de vin qu'il y eût à Bordeaux, ce
petit homme chauve, jaune, à l'œil brillant et vide, ne con-
sacrait qu'une part de son agitation. Au vrai, il ne tenait à
l'argent que pour acheter de la terre. Depuis des années, il
menait de front deux opérations: l'une, financière; l'autre,
électorale. Il achetait, pièce par pièce, les immenses propriétés des Sabran-Pontevès, dans la lande, et enlevait tous
les quatre ans, pour le compte du ministère, quelques
centaines de voix au député de l'arrondissement, le marquis
de Lur.

Il était admiré. Il avait fondé un cercle à Viridis où,
désormais, le samedi après la paye, les paysans venaient
boire et parler politique; bouviers et muletiers s'y arrêtaient,
ne rentraient plus à la métairie que tard dans la nuit. Les
Pères de Viridis se donnaient un mal inutile avec leurs
patronages,* avec leurs trompettes et leurs bannières! Jean
Gornac ne leur disputait pas les enfants; il savait qu'à peine

adolescents, il aurait beau jeu à les attirer là où il est permis de boire tout son soûl, de raconter ses amours.

L'an 1893 vit le triomphe de Jean Gornac. Cette année brûlante, les vieux vignerons en parlent encore. Dans les bouteilles qui en portent le millésime, le soleil de ce lointain été flambe toujours: ils y retrouvent le goût ardent qu'avait la vie à cette époque, alors que le vin délicieux coulait en telle abondance qu'on le laissait dans la cuve, faute de barriques. Un interminable incendie rougissait le ciel du côté des Landes. Ce fut cette année-là que le marquis de Lur perdit son siège, vaincu par un avocat de Bazas dont Jean Gornac avait été le soutien. A la même époque, l'ancien séminariste, qu'il considérait comme son fétiche, et qu'il avait aidé de ses deniers,* Augustin Lagave, obtenait le diplôme d'inspecteur des Finances.* Jean Gornac mariait son fils aîné, Prudent, avec Mlle Élisabeth Lavignasse, de Beautiran, – unique rejeton d'une famille moins riche, mais plus ancienne et plus considérée que celle des Gornac. Enfin, il profitait de ce que, grâce aux incendies, les pins fussent dépréciés, pour acheter à très bon compte les derniers hectares des Sabran-Pontevès.

Aujourd'hui, à quatre-vingts ans sonnés, tout près d'aller dormir dans cette terre qu'il a tant chérie, le père Gornac rêve de ces beaux jours où les récoltes étaient belles, où les bras ne manquaient pas pour soigner la vigne. Pierre, son petit-fils, lui rebat les oreilles avec ses tirades sur la dépopulation. Est-ce qu'en 1893 on avait plus d'enfants que maintenant? Et pourtant les bras ne manquaient pas!... Lui, il avait mis au monde exactement les deux garçons qu'il avait souhaité de procréer. Sa femme (une Péloueyre*) avait pu mourir après la naissance du cadet: elle avait accompli ce qu'il en avait attendu. Il fallait avoir deux enfants: l'un, pour garder la terre; l'autre, pour obtenir de l'État sa subsistance. Pourtant mieux vaut avoir un seul enfant que trois ou quatre, se disaient l'un à l'autre Maria et M. Gornac. C'est si beau, lorsque plusieurs héritages s'accumulent sur une seule tête! Un fils unique suffit, pourvu qu'il demeure sur la propriété.

Aussi, lorsque sa bru mit au monde un second garçon, dix mois après l'aîné, cette hâte déplut fort à M. Gornac.

– Mes louis ne valent plus que dix francs…, gémissait-il.

A la naissance du troisième, il déclara:

– Mes louis ne valent plus qu'un écu.*

Les deux derniers moururent en bas-âge: le docteur soigna la bronchite capillaire de l'un avec du thé tiède; l'autre, à six mois, mangeait déjà de la soupe comme père et mère et périt de dysenterie.

Le vieux Gornac s'est-il jamais avoué que depuis des années les événements ne lui obéissent plus? Ses deux fils ont rejoint au cimetière les deux innocents; rien ne lui reste que sa bru et un petit-fils, ce Pierre qui toujours l'irrite, dont il n'aime pas à parler.

Élisabeth s'est hâtée vers la terrasse où est assis le beau garçon convalescent, le fils d'Augustin, ce Robert Lagave qu'elle appelle Bob, l'ayant porté tout petit dans ses bras. Il avait boutonné sa veste.

– Vous voyez bien que vous avez froid.

Elle l'enveloppa d'un manteau de femme, releva le col de fourrure; bien loin de lui montrer de l'agacement, le garçon lui disait merci d'une voix qu'on aurait pu croire émue; – mais même dans les propos habituels, cette voix charmait grâce à une fêlure légère, comme si elle n'eût pas fini de muer. Son visage n'était pas non plus celui d'un homme de vingt-trois ans. Les joues blondes paraissaient imberbes, – teintes aux pommettes d'un sang trop vif. Son sourire appuyé remerciait la femme qui, l'ayant emmitouflé, s'était éloignée de quelques pas. Des cils d'enfants longs et touffus prêtaient à son regard une langueur presque gênante; Élisabeth détourna le sien, suivit avec application un train lent dans la plaine.

Elle avait connu Bob petit garçon; mais, depuis sa quinzième année, c'était la première fois qu'il faisait un long séjour au pays; elle n'avait pu reconnaître encore qu'il honorait de la même attention langoureuse les paysans, les chiens, les arbres, les pierres, et qu'on n'y devait chercher aucune autre raison que l'abondance, la longueur des cils plantés droit et dont les paupières semblaient alourdies.

Si Bob Lagave, pendant des années, était demeuré inconscient de ce trouble que son regard éveillait dans les autres, depuis longtemps il avait pris conscience de ce don, et sa gentillesse naturelle l'inclinait à feindre d'éprouver, en effet, le désir de plaire, pour ne pas démentir les promesses de ses yeux.

Il avait été un petit garçon sans détours, d'esprit lent, et qui ne s'émerveillait pas que chacun sourît à sa mine charmante, qu'à son approche les plus sévères se fissent doux. L'indolent écolier trouvait tout simple de ne pouvoir lever la tête vers les grandes personnes sans qu'une main aussitôt se posât sur ses cheveux. Des années s'écoulèrent avant qu'il sût se composer une âme à la ressemblance de son visage et exploiter, d'ailleurs sans âpreté, avec beaucoup de nonchalance et de grâce, le dangereux pouvoir qu'il détenait; Bob devint, enfin, réellement ce que d'abord dénonçait son œil: un animal frôleur et qui mendie des caresses, moins douces que celles dont lui-même possède la science.

Pour connaître des garçons de la même espèce, sans doute aurait-il suffi que Mme Gornac eût prêté quelque attention aux jeunes Garonnais qui peinaient et chantaient dans sa vigne, et dont le plus grand nombre étaient fort adonnés à l'amour, comme Bob, – l'un d'eux par le sang, d'ailleurs, tout près d'eux par sa grand-mère Lagave.

II

– J'ai trop chaud, maintenant.

Bob rejeta un peu le manteau qui ne fut plus soutenu que par les épaules, ouvrit sa veste, eut froid de nouveau. Cette moiteur sur tout son corps, il lui semblait que ce fût sa jeune force qui lui échappait, qui sortait de lui jusqu'à épuisement.

– C'est drôle: mes jambes ne me portent plus.

Élisabeth s'attela à un fauteuil de jardin, le traîna jusqu'à Bob, qui s'y laissa choir en gémissant: il ne guérirait jamais; il était un type fini...

Elle protesta qu'on ne se relevait pas si vite d'une pleurésie. Son fils Pierre avait dû passer deux ans à la campagne. Élisabeth découvrit, parmi ses relations, d'autres exemples pour inciter Bob à la patience. Mais le garçon regardait la terre et ne voulait pas être consolé. Personne que lui-même, songeait-il, ne pouvait mesurer son désastre. Il avait cru en son corps comme en son unique dieu. Naguère, il répétait à tout venant:

– J'ignore ce que signifie malaise. Je ne me suis jamais aperçu que j'avais un estomac. Je pourrais ne m'interrompre jamais de manger ni de boire. Je digérerais des pierres.

Le jour où, durant cette randonnée en auto, un orage creva sur lui entre Paris et Versailles, au retour il n'avait pas voulu quitter ses vêtements: c'eût été manquer de confiance en son dieu le corps. Le lendemain, courant après un autobus, cette douleur à gauche (comme si, dans son flanc, la course avait agité un liquide), il décida que c'était un point de côté. Mais le soir, enfin, la fièvre l'avait abattu.

Désormais, plus moyen de sortir. Cela surtout l'accablait: il comprit que jusqu'à cette maladie, tout son effort avait tendu à rentrer le plus tard possible dans l'appartement que les Lagave habitaient rue Vaneau.*

– Robert? mais nous ne le voyons jamais!

Ainsi répondaient les Lagave à qui s'informait de leur fils. Bob ne fuyait pas seulement l'escalier souillé (il n'y a pas d'escalier de service), – ni la cour intérieure sur laquelle ouvrait sa chambre, retentissante à l'aube du vacarme des poubelles (et l'on entend, tard dans la nuit, le nom que les locataires doivent crier au concierge, leurs pas répercutés, leurs rires). Bob ne fuyait pas seulement cette odeur dont la cuisine minuscule emplit un appartement parisien; il ne fuyait pas la photographie agrandie de Maria Lagave sous laquelle Augustin avait placé ce bronze d'art signé Dalou*: une muse contre un socle offre du laurier à n'importe quel grand homme dont il suffit d'accrocher, au-dessus, l'effigie. Il fût peut-être arrivé à ne plus voir les rideaux de la salle à manger: feuillages chocolat sur marron clair, bordés de pompons, ni les sièges dorés du salon, tous équidistants de l'énorme pouf cerise rembourré, ceinturé de passementeries et d'où, le mardi, Mme Augustin Lagave tenait tête au cercle des dames venues à son jour.

Bob haïssait cet interieur, mais n'était pas si nerveux qu'il ne pût supporter d'y vivre quelques heures. Dès les premiers moments de sa maladie, alors que, l'esprit flottant au bord du délire, il voyait son père se pencher vers lui trois fois par jour: le matin, à midi, et en rentrant du ministère, à l'appréhension qu'il avait de son approche, au soulagement ressenti lorsque ses pas, dans le corridor, décroissaient, il comprit, il s'avoua enfin que c'était cet homme que toujours il avait fui; ou, plutôt, il avait fui le mépris qu'il inspirait à son père et que celui-ci trahissait moins dans ses paroles que dans ses silences, lorsqu'il négligeait de répondre à une question de Bob.

Mme Augustin Lagave se rendait volontiers ce témoignage de l'avoir élevé dans le culte de son père. Enfant, il savait déjà que rien n'est plus admirable en ce bas monde qu'un homme qui est arrivé à la force des poignets, qu'un homme qui s'est fait tout seul. Lorsque, en septembre, pour les vendanges, ses parents l'amenaient chez sa bonne-maman Lagave, il avait peur de cette grande paysanne maigre et dure qui disait de lui:

– Il me fait honte…

Elle lui en voulait de ne pas donner à son Augustin cette joie d'orgueil qu'elle avait connue lors des distributions de prix du petit séminaire de Bordeaux, – alors qu'aux applaudissements de la foule s'avançait un Augustin glorieux, myope, chargé de livres écarlates, portant haut sa petite figure terreuse sous la couronne de papier vert.

– C'est curieux, disait Augustin à Maria Lagave, dès que j'ai vu ce petit drôle* trop blond, j'ai compris qu'il ne serait pas un travailleur; j ai tout de suite flairé le propre à rien.

L'étrange est que Bob ressemblait à sa mère, blonde efflanquée. Il lui avait pris son teint, la couleur de ses cheveux, une bouche épaisse qui, affreuse chez la dame, convenait au garçon; et de même le grand nez de Mme Lagave embellissait le visage de Bob. Il n'avait retenu de son père que les mains et les pieds «d'une exiguïté choquante», – comme on se plaisait à dire dans son petit groupe de Paris.

Tel était le charme de Robert enfant, que M. Lagave dut renoncer pour lui au bénéfice d'une éducation spartiate. Sur ce seul point, sa femme résistait à ses volontés. Fille d'un percepteur de Bordeaux, dont l'alliance avait flatté d'abord le fils Lagave à ses débuts (mais plus tard, il en avait ressenti des regrets, qui allèrent croissant à mesure qu'il s'élevait dans la hiérarchie), Mme Augustin Lagave avait choyé la petite enfance de Bob malgré les objurgations de son mari. Aujourd'hui, il ne lui reste plus qu'à baisser le nez, lorsque Augustin «tient à dégager sa responsabilité». Certes, l'enfant était mou, sans intelligence, mais en le tenant d'une main plus ferme, on aurait peut-être pu en faire quelque chose dans les Contributions Indirectes.* Mme Lagave rappelait pour sa défense qu'au lycée, les mauvaises places de Bob ne l'avaient jamais frustré de l'indulgence exceptionnelle dont il bénéficiait partout; elle rappelait ces inutiles visites de M. Lagave au surveillant général* «pour qu'il lui serrât la vis».

Contre tout espoir, Bob fut reçu bachelier. Mme Lagave espéra que ce diplôme fléchirait la sévérité de son mari. Ce lui fut, au contraire, un prétexte pour dénoncer l'abaissement de la culture, puisque les «fruits secs» réussissaient d'emblée. Cet homme sévère, mais peu enclin à l'introspection, n'aurait jamais admis qu'il pût être vexé d'avoir été mauvais prophète, et de ce que Bob avait triomphé en dépit de ses prédictions. Encore moins se fût-il avoué, lui qui vivait confit dans l'admiration de soi-même et qui planait si haut, si loin de son misérable enfant, qu'il ressentait une secrète humiliation, une jalousie obscure. Pas plus que Maria Lagave, sa mère, ni que Jean Gornac, son protecteur, il n'avait eu à compter dans sa vie avec les passions du cœur, – à peine avec celles de la chair. Si Jean Gornac n'était intervenu dans sa destinée, Augustin eût accompli une honorable carrière dans l'Église. On aurait dit de lui:

– Ce n'est peut-être pas un mystique, mais il a une conduite irréprochable; et quel excellent administrateur! Il en faut comme ça.

Il en faut comme ça. Mais ni sa mère Maria, ni le vieux Gornac, impropres comme lui aux passions de l'amour, n'avaient été obsédés par la présence chez eux d'un être de la race hostile – que les hommes non créés pour aimer méprisent et haïssent, sans pouvoir se défendre de les jalouser, de les imiter gauchement. Il suffit, ce soir, que cette pieuse, forte, et bientôt quinquagénaire Élisabeth Gornac ramène un manteau de femme sur les épaules du jeune garçon pour qu'elle sente courir dans son corps un sang plus rapide. Augustin Lagave, lui, voilà des années que, de noir vêtu (et toujours cette cravate toute faite dont l'élastique remonte vers sa nuque), il examine et juge d'un œil méprisant le bel insecte dont les élytres frémissent.

Bob avait refusé de s'inscrire à la Faculté de Droit. Il prétendait suivre les cours des Beaux-Arts, et travailler chez un peintre de décors. Aprés d'aigres débats, il consentit à ce que son père le fît passer pour élève-architecte; mais d'autres motifs de disputes surgissaient à chaque instant. Ce fut, d'abord, le premier smoking:

– Est-ce que j'en avais un à ton âge, moi?

Puis il fallut obtenir le passe-partout de l'entrée. Bob d'ailleurs, évitait toute scène, pliait, battait en retraite. Seulement, il ne rentrait qu'au petit jour, et sa mine, en dépit des yeux battus, n'était pas celle d'un garcon qui a dormi sous les ponts ou qui est allé aux Halles* attendre l'aube. Il arriva qu'un soir, son père, qui lui avait toujours refusé un habit, le surprit dans le vestibule, vêtu merveilleusement pour le soir; et même une pelisse recouvrait ses épaules; il tenait à la main un jonc.

– D'où vient l'argent? J'exige de savoir d'où vient l'argent. C'était assez d'avoir pour fils un propre à rien: j'entends ne pas être déshonoré par lui. Mais c'est qu'il n'en faut pas plus pour vous porter tort! Ce serait le comble, si tu arrivais à me nuire dans ma carrière! (A peine formulée, cette crainte prenait corps, l'envahissait, le rendait furieux.) Si tu me portais tort pour l'avancement, je te renierais, je ne te connaîtrais plus. Ce serait trop immoral que toute une vie de labeur et d'honneur fût compromise par les agissements d'un petit misérable...

La suspension Renaissance de la salle à manger émettait une lumière qu'absorbaient les boiseries, les tentures à ramages chocolat.

– Parle, mon chéri, gémissait Mme Lagave. Explique à ton père: c'est un malentendu...

Mais, contre la cheminée, le jeune homme au trop bel habit (et le gilet dessinait sa taille – pourpoint de piqué blanc) baissait la tête, moins honteux de la suspicion dont on le chargeait, qu'il n'était gêné des gesticulations de ce petit homme noir, dressé sur ses ergots, et criant:

– Mais proteste, au moins! Dis quelque chose! Trouve un mot!

Il se regarda dans la glace, lissa ses cheveux, revêtit la pelisse, puis, ayant déjà passé la porte, cria:

– Mère est au courant. Elle te dira que si je continue de vivre ici, c'est pour ne pas la quitter, et non faute de ressources. Ce mois-ci, j'ai gagné beaucoup plus d'argent que toi.

Il sortit sur ce trait, qui était une vantardise, car Bob ne gagnait même pas de quoi subvenir à ses menus plaisirs. Augustin demeura un instant stupide, puis interrogea sa femme du regard; mais même si Mme Lagave avait jamais rien pu comprendre au métier dont le jeune homme se flattait de vivre, elle n'aurait su le rendre intelligible à son mari; et c'est pourquoi elle s'était refusée jusqu'à ce jour à lui en rien dire, malgré les prières de Bob. Qu'il y ait des gens incapables de meubler seuls leur appartement, assez nigauds pour couvrir d'or un jeune homme afin qu'il l'arrange à son goût, qu'il assortisse des étoffes et des tapis, cela passait l'entendement des Lagave, et, à vrai dire, ils n'y croyaient pas.

La littérature n'est pas plus indifférente à un illettré que ne leur étaient les couleurs et les formes. Augustin avait coutume de redire une phrase familière au vieux Gornac:

– Moi..., pourvu que j'aie de bons fauteuils, bien rembourrés...

Il répétait cela par habitude, et ainsi se calomniait, car nul ne fut jamais plus insensible à tout confort que ce fils de paysans. S'il avait persévéré au séminaire, il y aurait eu le bénéfice de cette indifférence à tout ce qui s'appelle luxe; on lui aurait su gré de son renoncement à des douceurs dont il n'avait jamais subi l'attrait. Il eût été de ces saintes gens que nous admirons naïvement de renoncer non à ce qu'ils aiment, mais à ce que nous aimons.

Ce soir-là, Mme Lagave soumit à son époux les documents que Bob lui avait confiés: lettres, devis, reçus, d'où il ressortait que le jeune homme avait «arrangé des intérieurs» pour le compte de trois étrangères: deux Américaines de New-York et une princesse roumaine. Il avait aussi servi d'intermédiaire entre un marchand de meubles anciens et un Polonais dont le nom était israélite. L'honnête fonctionnaire se félicita de ce qu'il y avait au moins un homme dans ces louches combinaisons et de ce qu'on ne pourrait tout de même pas dire de Robert que seules les femmes le faisaient travailler.

Le défaut d'imagination empêchait les Lagave de se représenter la vie inconnue de leur fils, qui, depuis cette scène à propos de l'habit, s'ingéniait à ne paraître que le moins possible rue Vaneau. Comme un pigeon voyageur fatigué, parfois, vers le soir, ils le voyaient s'abattre, sans qu'ils songeassent même aux pays qu'il avait dû traverser. Ils ne lui posaient aucune question, «par principe», affirmait Augustin Lagave. Mais, au fond, il n'était pas curieux des autres, fût-ce de son fils. Rien d'important n'arrivait aux autres; les autres ne l'intéressaient pas.

Tant que son père était absent du salon, Bob entourait sa mère de beaucoup d'attentions et de soins; mais l'entrée d'Augustin lui ôtait l'usage de la parole. Assis au bord de sa chaise, il demeurait, le regard absent, comme si M. Lagave, qui aimait à disserter sur les questions de service, d'avancement et de politique, se fût exprimé dans une langue étrangère. Bob supportait moins aisément des récits de concours, de triomphes scolaires où se complaisait M. Lagave avec une satisfaction stupide, avec une intolérable béatitude. Plus sinistres encore étaient ses souvenirs – les histoires de receveurs traqués par lui, sa science pour leur mettre le nez dans leur fraude, pour les acculer à la prison, au suicide. La femme et la mère de l'un d'eux s'étaient agenouillées devant lui, baisant ses mains, le suppliant: huit jours leur suffiraient pour trouver l'argent nécessaire, pour combler le déficit:

– Notre profession exige une âme romaine, je fus inflexible.

Bob, ces soirs-là, passait directement de la salle à manger dans la cuisine pour y remplir un broc d'eau chaude; – et de là dans sa chambre. Le bruit de l'eau ruisselant dans le tub troublait, un instant, l'immuable partie de jacquet dont M. Lagave disait que son esprit, après une journée de labeur, y trouvait une détente salutaire. Le jeune homme ne reparaissait plus devant ses parents. Ils entendaient le bruit de la porte violemment refermée. Alors, Mme Lagave se levait, entrait dans la chambre de Bob, où il semblait qu'un cyclone eût sévi, constatait, amère, qu'il avait mis encore une chemise au sale; il ne se faisait aucune idée de ce que coûte le blanchissage aujourd'hui. L'eau de son tub avait giclé hors de la toile cirée clouée devant la toilette: ce n'était pas la peine d'avoir, le matin même, repassé le parquet à l'encaustique. Elle entendait Augustin crier:

– Ferme donc *sa* porte. Ça sent jusqu'ici!

Il exécrait les parfums, mais, par-dessus tout, redoutait cette odeur d'eau de Cologne, de chypre,* de tabac anglais, un instant victorieuse des relents de la cuisine et de ceux de l'armoire du vestibule, où M. Augustin Lagave rangeait son vestiaire.

La porte de l'escalier refermée, Bob sombrait pour eux dans la nuit vide, – dans l'inimaginable néant. Un manche à balai l'eût-il emporté vers quelque sabbat, que les Lagave n'eussent pas été plus impuissants à évoquer les péripéties de cette chevauchée. Il fallut qu'une pleurésie fit soudain de Bob leur prisonnier: alors, la vie inconnue qu'il menait si loin d'eux reflua vers lui, qui ne pouvait plus sortir. Des êtres, dont Bob était le tourment et la joie, inquiets de demeurer sans nouvelles, bravèrent la défense qu'il leur avait faite de le relancer rue Vaneau. Dès les premiers jours, des autos stoppèrent devant l'entrée. Le concierge subit l'humiliation de répéter: «Il n'y en a pas...» à plusieurs dames qui cherchaient l'ascenseur.* Un grand jeune homme fut d'une amabilité à ce point insidieuse que Mme Lagave dut entr'ouvrir la porte du malade «le temps de voir Bob un tout petit peu». Mais le malade en fut si contrarié que sa température, ce soir-là, monta au plus haut. Désormais, il fut enjoint à la concierge d'arrêter les visiteurs et de leur communiquer un bulletin de santé. De longs conciliabules se tinrent devant la loge entre des personnes dont tout ce que la concierge pouvait dire, c'était qu'elles n'habitaient pas le quartier.

– Regarde: une princesse est venue. Il y a une couronne sur sa carte; et puis, un marquis... Il ne connaissait que des «nobles»...

Mme Lagave, la tête perdue, et qui parlait déjà de son fils au passé, ne laissait pas d'être éblouie. «Des rastas!» répondait Augustin, tout de même impressionné. D'abord, cette odeur de femmes et de «monde» qui s'insinuait chez lui ne parut point l'irriter, – soit que la maladie de Bob l'eût incliné à plus d'indulgence, soit qu'il tînt compte au jeune homme de ses efforts pour interdire aux importuns l'accès de l'appartement. Sur ce point, le malade montrait plus de rigueur que le médecin lui-même: snobisme sans doute, crainte assez basse des moqueries dont auraient fait les frais les tentures chocolat, les photographies agrandies, peut-être aussi ses parents. Mais, surtout, ce garçon indolent redoutait les éclats d'une rencontre de son père avec tel de ses amis. Bob était sensible, comme le sont les provinciaux qui, acclimatés dans Paris, ont pris racine dans des mondes opposés, aux différences d'atmosphère entre les êtres; il redoutait ces arcanes du langage des gens du monde, au milieu desquels un Augustin Lagave eût perdu pied d'abord, puis, très vite, se fût exaspéré.

Convalescent, le jeune homme résista quelques jours; mais déjà, précédant l'invasion des amis tenaces, des fleurs garnissaient tous les vases disponibles, emplissaient les chambres d'un parfum de fiançailles; posée sur un ridicule tapis de table imitation Beauvais,* une boîte de chez Boissier,* offerte par la princesse, y paraissait aussi hétéroclite qu'eût été la princesse elle-même sur le pouf cerise du salon.

La température de Bob, cependant, devenait normale; alors, l'humeur de M. Lagave commença de s'altérer. Il s'exaspérait de ce que sa femme était éblouie par tant de fruits glacés et de fleurs: elle admirait Bob comme du temps où elle assurait «qu'il aurait été primé dans n'importe quel concours de bébés» (alors qu'Augustin pressentait déjà que ce bel enfant, si différent de lui, serait un fruit sec).

Chaque soir, en rentrant, le fonctionnaire grommelait:
– Ça sent la cocotte, ici!*
Et, pour «purifier l'atmosphère», il ouvrait la fenêtre,
bien que ce printemps fût pluvieux et froid.

Un samedi matin, comme il rentrait du ministère plus tôt
que de coutume, une jeune personne sortit de chez Bob,
s'effara à sa vue, fila comme un oiseau par la porte entre-
bâillée. Augustin n'eut que le temps d'apercevoir, sous le
petit feutre très enfoncé, des yeux brûlants. Il vit aussi deux
jambes longues, des pieds maigres chaussés de galuchat.* Il
se pencha au balcon: l'inconnue montait dans une «conduite
intérieure»;* elle s'assit au volant, démarra. Qu'était-ce donc
que ces femmes qui ont l'air nues sous leurs robes courtes,
qui pilotent leur auto et relancent les garçons à domicile? M.
Lagave, résolu à un éclat, ouvrit la porte de son fils, le vit
étendu, sa tête creusant, l'oreiller les paupières mi-closes.
Augustin hésita un peu de temps, puis, la porte refermée,
alla à son cabinet, s'assit devant la table, et commença
d'annoter un rapport. Il se retint de rien dire à Mme Lagave
quand elle rentra. Ce fils de paysans ne se fût pas abaissé à
une discussion avec sa femme passée à l'ennemi. Oui, depuis
qu'il était malade, elle couvait Bob du même regard adorant
que dans sa petite enfance, alors qu'Augustin se plaignait de
ne pas occuper à son foyer la première place, – la place
unique qui lui était due. S'il avait convaincu peu à peu sa
femme du néant de leur fils, s'il en avait fait une épouse
glorieuse, mais une mère humiliée, la mère, aujourd'hui,
relevait la tête, prenait sa revanche, découvrait dans son
enfant une valeur qui, pour ne rappeler en rien ce qu'elle
admirait dans son mari, ne lui paraissait guère moins précieuse et contentait aussi son orgueil.

M. Lagave eût-il pu croire qu'en son absence, c'était elle
qui ouvrait la maison à l'envahisseur? A cette jeune fille,
d'abord, – une jeune fille du vrai monde, une Mlle de la
Sesque, alliée aux la Sesque de Bazas, la seule que Bob reçût
volontiers, la seule aussi qu'il eût présentée à sa mère. Les
autres ne venaient que l'après-midi, et Mme Lagave avait

ordre de ne point se montrer à eux. Mais, de la chambre
voisine, elle les entendait rire, et respirait la fumée de leurs
cigarettes. A travers la serrure, ou par la porte entre-bâillée,
lorsque la bonne apportait la collation, elle les voyait assis en
rond autour du lit de Bob: la princesse, une autre femme
blonde, et ce jeune homme échassier, avec sa trop petite tête
sur des épaules d'Égyptien; puis, le Juif polonais, laineux, la
lèvre inférieure pendante. C'étaient les fidèles; mais des
visiteurs moins intimes se joignaient souvent à eux. Tous se
ressemblaient par un air de jeunesse: jeunes gens, jeunes
femmes quadragénaires, ils couvaient du même regard
maniaque un Bob agressif, rétif, insolent, – tel que sa mère
ne l'avait encore vu. Ils riaient de ses moindres mots. Mme
Lagave n'aurait jamais cru que son petit pût avoir tant
d'esprit. D'ailleurs, à peine aurait-elle reconnu le son de sa
voix: un tout autre Bob, en vérité, que le garçon taciturne
qui s'asseyait à la table de famille. C'était incroyable à quel
point ces gens du monde l'admiraient. Il fallait que Bob eût
quelque mérite extraordinaire, songeait Mme Lagave, pour
que ces personnes difficiles le dévorassent ainsi des yeux.
Elle ne savait pas qu'ils chérissaient en son fils leur jeunesse
souillée, agonisante ou déjà morte, – tout ce qu'ils avaient à
jamais perdu et dont ils poursuivaient le reflet dans un jeune
homme éphémère. Une religion les rassemblait ici, un
mystère dont ils étaient les initiés et qui avait ses rites, ses
formules sacrées, sa liturgie. Rien au monde n'avait de prix,
à leurs yeux, que cette grâce irremplaçable qui les avait fuis.
Et les voilà assis en rond autour d'un corps que la première
jeunesse, pour quelques jours encore, embrase. La maladie
qui l'altère à peine les rend plus sensibles à cette fragilité, à
cette fugacité. Peut-être Bob sent-il qu'il n'est rien pour eux
qu'un lieu de passage où, quelques instants, se repose le dieu
que ces fanatiques adorent. Peut-être pressent-il que ce n'est
pas à lui, dénué de naissance, d'argent, de talent, d'esprit, que
s'adressent leurs adorations: de là, sans doute, cette humeur
méchante qu'il oppose à leurs louanges, ces caprices de César
enfant. Avec quelle affectation il se fait servir par eux!

Un jour, le Juif de Pologne s'étant excusé de n'avoir découvert nulle part les pamplemousses dont Bob avait envie de goûter, le jeune homme eut le front de lui faire descendre quatre étages et lui enjoignit de ne reparaître qu'avec les fruits dont il était curieux.

L'étranger ne fut de retour qu'assez tard, et les autres l'avaient attendu au delà de l'heure accoutumée. Mme Lagave rôdait derrière la porte, terrifiée, parce que son époux allait rentrer d'une minute à l'autre. Il était d'une humeur, depuis quelques jours, à jeter tous ces gens hors de chez lui. Elle entendait Bob qui, partageant son angoisse, les pressait, les bousculait.

M. Lagave ne les rencontra pas dans l'appartement, mais dans l'escalier; il dut s'effacer pour laisser le passage libre à ce groupe de garçons et de femmes peintes, au verbe haut, et qui, l'ayant dévisagé, pouffèrent. Quand il eut atteint son étage, le fonctionnaire, penché sur la rampe, demeura quelques instants aux écoutes. Pour une fois, il comprit leur langage d'initiés:

– Croyez-vous que ce soit le père?

– Vous avez vu le père, princesse? Non, mais c'est à ne pas croire!

– Le père est inouï!

– C'est le microbe de la chose vu au microscope, grossi démesurément.

– On ne sait pas qu'il y a des gens comme ça. En général, on ne les voit pas à l'air libre: ils sont derrière des grilles, tapis entre des piles de paperasses...

– Je m'attendais à tout, mais pas à ce nabot!

– Ça dépasse tout. On est tout de même content d'avoir vu ça!

– Oui, mais comme ça fait peur! Il a un côté Père Ubu.* Ne trouvez-vous pas, princesse?

– Si on l'écrasait, ça coulerait noir... Son sang, ce doit être de l'encre Antoine.

– Tu entends ce que dit Jean? Que si on l'écrasait, il saignerait de l'encre Antoine!*

– Moi, je ne crois pas du tout que ça puisse être le père: notre Bob sorti de ce nabot? Vous imaginez l'approche amoureuse de cette blatte, princesse?

– Alain! je vous en prie, taisez-vous.

Déjà, ils avaient atteint la rue; mais le petit homme funèbre, cassé en deux sur la rampe comme un guignol bâtonné,* entendait encore leurs rires.

La clé de M. Lagave tourna dans la serrure. Alors que sa femme et son fils respiraient, croyant le péril conjuré, il alla à sa chambre. Bien campé devant l'armoire à glace, ses deux jambes courtaudes un peu écartées, il se contempla longuement et se plut. Sa cravate toute faite remise d'aplomb, le binocle redressé, il fit choir du col de sa jaquette quelques pellicules, se haussa sur ses talons comme lorsqu'il pénétrait chez le chef de cabinet et appela sa femme. Les doigts glissés entre deux boutonnières, il l'avertit qu'il avait téléphoné au docteur, que Bob était transportable et devait changer d'air, que le plus tôt serait le mieux. Bob était attendu, le sur-lendemain, en Gironde, par sa grand-mère Lagave. Prise de court, la mère balbutia que la princesse R... avait offert à Bob de passer le temps de sa convalescence dans sa villa de Cannes, que Bob avait accepté. Augustin arrêta sur sa femme ce regard mort qui toujours l'avait laissée balbutiante, inter-dite, et il répéta son arrêt: Bob prendrait le train le lendemain soir; sa mère l'accompagnerait jusqu'à Langon et rentrerait à Paris le jour même. Les concierges avaient, d'ores et déjà, ses instructions pour jeter dehors les rastaquouères et les cocottes que ce petit misérable attirait ici et qu'elle avait eu l'inconscience d'introduire dans la maison d'un homme irréprochable.

– Suffit! Pas un mot de plus.

Lorsque Mme Lagave pénétra chez Bob pour lui trans-mettre la décision paternelle, il était étendu, les paupières baissées, les bras le long du corps. Il n'avait pas touché aux pamplemousses, pareils, dans une assiette blanche, à des fruits de Chanaan.* Les bouts amoncelés des cigarettes fumaient encore. La fenêtre était ouverte sur la triste cour, découpant un fragment de ciel, – ciel de juin d'une pureté plus puissante que les suies et les poussières de la ville. Sa mère fut stupéfaite de ce qu'il renonçait sans effort à cette villégiature chez une princesse.

– Ce sera mieux ainsi: j'ai horreur de ces gens.

– Ils ont été si gentils pour toi, Bob; ce n'est pas bien!

– Ce qu'il y a de plus vil, mère: des gens du monde qui ne sont que cela.

Entre les cils, il regardait sa mère.

– Papa a raison... Ils sont à vomir...

Quelle rancune dans sa voix! Le coude sur l'oreiller, le front dans sa main, il avait vieilli tout à coup, et sur sa face mortellement triste, n'apparaissait plus qu'une ombre de jeunesse et de pureté. Soudain, il sourit et dit à sa mère:

– Elle sera à Arcachon,* en juillet... Qui sait si nous ne pourrons pas nous joindre? C'est à quatre-vingts kilomètres de Viridis... Mais elle a sa dix chevaux.

– Mlle de la Sesque chez ta bonne-maman Lagave? Tu es fou, mon pauvre petit!

Oui, oui, ils sauraient bien se rejoindre; et quel bonheur déjà de savoir qu'elle respirerait, pas très loin de lui, dans la même contrée...

III

A la terrasse de Viridis, ce soir, Bob Lagave, montrant un point de l'horizon, interroge encore Élisabeth Gornac:

– Arcachon, c'est par là?

Elle s'étonne de cette insistance:

– Qu'y a-t-il pour vous de si intéressant au bord de ce bassin?

Il répondit à mi-voix, et comme s'il désirait piquer la curiosité d'Élisabeth:

– Quelqu'un.

Le silence de Mme Gornac le déçut. Il aurait voulu qu'elle insistât; mais comme elle se taisait, il dit encore:

– C'est une jeune fille.

Mme Gornac hocha la tête, sourit, garda un silence plein de réserve; elle ne posait aucune des questions qu'attendait Bob. Ce ne serait pas encore ce soir que, de confidence en confidence, il oserait enfin la supplier de recevoir à Viridis cette jeune fille. Avec son auto, Paule de la Sesque* pourrait venir d'Arcachon et y retourner dans la même journée; mais c'était impossible qu'elle franchît le seuil de Maria Lagave; la terrasse de Viridis était bien le seul endroit où les deux jeunes gens se pussent rejoindre. Pour qu'Élisabeth y consentît, il aurait fallu lui parler longuement de Paule. Une dame de la campagne, aussi peu au courant des mœurs d'aujourd'hui, admettrait-elle qu'une jeune fille parcourût seule cent kilomètres en auto pour passer la journée avec un jeune homme? Bob en eût désespéré, si la famille de la Sesque n'avait été très connue dans le Bazadais. Un la Sesque avait été ministre d'État sous l'Empire. A demi ruinée par la révolution du 4 septembre,* après la vente des métairies* (Jean Gornac en avait acheté quelques-unes) la famille s'était fixée à Paris. Bob voulait se persuader qu'Élisabeth Gornac serait flattée d'accueillir cette jeune fille. Mais la dame, fort dévote, voudrait-elle se mêler d'une intrigue amoureuse?

– A moins de lui faire croire que nous sommes fiancés...

Ce ne serait pas encore pour ce soir. Là-bas, sur le viaduc, glissait l'express de six heures.

– On commence à sentir la fraîcheur. Il faut partir, mon petit... Grand-mère va vous gronder.

C'était vrai que Maria Lagave ne supportait pas que les repas fussent retardés d'une minute. Bob, ici, ne respire qu'auprès d'Élisabeth: il a plus besoin qu'il n'imagine de cette atmosphère d'adoration dont ses amis parisiens l'empoisonnent. C'est peu de dire que sur Maria Lagave son charme n'opère pas; tout en lui exaspère la vieille femme: cravates, chemises de soie, pantalons de flanelle blanche. Le soir, Bob devait attendre que la paysanne fût couchée pour enlever l'épingle de sûreté dont elle joignait les rideaux de l'alcôve, «afin que le drôle ne sentît pas l'air». Alors seulement, il osait rejeter l'édredon énorme qu'elle exigeait qu'il gardât toute la nuit «pour bien suer». Surtout, il ouvrait la fenêtre, geste qui aux yeux de Maria Lagave, équivalait à un suicide. Tant de soins dont elle l'accablait, ne faisait pas illusion à Bob; aucun sentiment tendre ne l'inspirait:

– Ton père t'a confié à moi, j'en ai accepté la charge; d'ailleurs, c'est lui qui paye. Quand tu seras revenu à Paris tu pourras t'abîmer la santé; mais ici, je suis la maîtresse.

Bob redoute ses yeux de volaille méchante qui le toisent s'il demande d'autre eau chaude pour son tub ou s'il se plaint que les poignets de ses chemises ne soient pas repassés à plat:

– Ton père les a toujours portés arrondis.

Et ce linge dont il change à tout bout de champ?

– Ce n'est pourtant pas le travail qui te le fait salir!... Tu ne
peux pas attendre la prochaine lessive... Tu ne sais pas ce
que coûte une laveuse, maintenant?

Élisabeth Gornac regarde s'éloigner Bob, traînant la jambe,
– cette douce forme s'effacer dans l'ombre de la charmille.
Elle fixe le point de l'horizon qui a retenu les yeux de Bob.
Elle songe: «Une jeune fille...» Elle répète à voix basse:
«Une jeune fille...» Aucun trouble, d'ailleurs, dans cette
femme placide. Il faut aller rejoindre M. Gornac, qui doit se
plaindre déjà d'être négligé... Ah! et puis dire qu'on prépare
la chambre de son fils Pierre: il ne s'annonce jamais. Bientôt
il sera ici: puissent-ils vivre unis, durant ces quelques semaines
de vacances. Élisabeth se promet d'éviter tous les heurts;
elle s'efforcera de ne pas l'agacer, feindra, au besoin,
d'adopter ses opinions; mais Pierre a tôt fait de jeter son
grand-père hors des gonds! Quel abîme entre M. Gornac et
son petit-fils! Nul ne pourrait croire qu'ils sont du même
sang: Pierre si religieux, mystique même, «toujours à
rêvasser», comme dit le vieux, – si détaché de la terre, de
l'argent, socialiste presque (je vous demande un peu!),
toujours le nez dans ses livres, ou courant la banlieue de
Paris et la province pour faire des conférences. A mesure
qu'Élisabeth approche de la maison, elle se représente mieux
ce que sera leur réunion prochaine: les provocations du
vieillard, les paradoxes de Pierre, les gros mots, les portes
claquées. Le plus étrange est que, dans ces disputes, elle, si
dévote, se range souvent du côté de M. Gornac; elle donne
presque toujours tort à son fils; leur commune foi ne les unit
guère, mais elle s'accorde aisément avec le vieux radical.

Dès la première rencontre, M. Gornac l'avait jugée une fille
suivant son cœur. Élisabeth était une «dame de la campagne»
– ce qui ne signifie pas une cavalière hâlée, rompue à tous les
exercices du corps. Une dame de la campagne se cloître dans
son intérieur, ne quitte guère son parloir ou l'une de ses
cuisines. Elle ne sort jamais sans chapeau, et, même dans
son jardin, ne se hasarde que gantée. La promenade à pied

lui fait horreur; son embonpoint est celui d'une personne qui ne va jamais qu'en voiture. La blancheur de ses longues joues tombantes ne s'obtient que dans les rez-de-chaussée ténébreux.

Élisabeth n'en avait pas moins mené, à sa façon, une existence active: son père, Hector Lavignasse, ruiné par le phylloxéra,* avait refait sa fortune grâce à une usine de térébenthine* dont il ne se fût jamais tiré sans le secours de sa fille; elle était admirable pour l'administration et la comptabilité.

Lorsqu'elle fut devenue Mme Prudent Gornac, son beau-père s'attacha d'autant plus à elle qu'il put l'associer à toutes ses entreprises. Il découvrit dans sa bru les qualités dont justement lui-même se savait démuni: comme il arrive souvent, cet homme d'affaires était un médiocre administrateur; retenu par son commerce, par ses achats de propriétés, par la politique, il ne trouvait plus le temps d'administrer ses immeubles, ni ses terres, dont le nombre croissait chaque année. Ses deux fils (c'était le grand échec de sa vie) ne lui avaient été d'aucun secours. Sans parler du cadet, le demi-fou, parti pour faire de la peinture à Paris, et dont, un soir, on avait vu revenir le cercueil sans que personne dans le pays eût jamais rien su de précis touchant sa mort, – Prudent, l'aîné, «tout le portrait de sa pauvre mère, un Péloueyre tout craché», montrait, pour les affaires, une indifférence criminelle: la même que le vieux Gornac a la douleur de retrouver, aujourd'hui, dans Pierre, son petit-fils.

Prudent, sous prétexte de s'occuper des landes, avait vécu dans sa métairie du Bos, servi par la métayère, sans même chasser, «toujours à rêvasser sur des livres». Il avait eu des succès au collège, et le curé le disait intelligent. Mais son père jugeait que «ça lui faisait une belle jambe». Follement timide, sauvage même, la santé détruite par les apéritifs et par le vin blanc, dans un pays où ne manquent pas les ours de cette espèce, le fils Gornac, passait pour le plus mal léché. D'ailleurs soumis en tout à son père, à peine s'était-il débattu au moment d'épouser Mlle Élisabeth Lavignasse, de

Beautiran. Il avait laissé le vieux acheter les meubles, abattre des cloisons, arrêter les domestiques, et trouvait naturel que, dans les forêts de pins qu'il avait héritées de sa mère, M. Gornac coupât sans l'avertir le bois qui lui était nécessaire.

Il commença pourtant de regimber, lorsqu'il vit son père mander sans cesse Élisabeth à Viridis ou à Bordeaux, et l'y retenir plusieurs jours; les affaires n'étaient souvent qu'un prétexte. Pour la première fois, le vieillard pouvait parler de ce qui l'intéressait avec quelqu'un de sa famille. Élisabeth aimait la terre, et elle eût volontiers passé sa vie à organiser les conquêtes de M. Gornac. Mais c'était une femme raisonnable, dévouée à son mari et qui connaissait son devoir. Après un an de mariage, Prudent ne buvait plus que ses quatre apéritifs par jour, comme tout le monde; il se baignait quelquefois, se rasait presque tous les matins.

Élisabeth demeurant sourde aux appels de M. Gornac, c'était lui qui arrivait au Bos, sans crier gare. Avant même que le tilbury fût engagé sur le chemin qui relie la route à la métairie, Prudent reconnaissait les grelots, les claquements du fouet paternel; son cœur se serrait: fini d'être heureux. Ah! que lui importait que son père s'établît au centre de la table, commandât partout en maître, houspillant les métayers, imposant ses menus, ses manies, ses heures de sommeil et de réveil! Prudent jugeait que c'était dans l'ordre. Mais il souffrait de ce qu'Élisabeth montrait une surprise joyeuse; elle qui parlait si peu avec son mari, trouvait mille sujets sur quoi interroger son beau-père. Si Prudent, timide, s'en mêlait:

– Ce sont des choses que vous ne connaissez pas..., lui disait-elle.

En vain eût-elle essayé de lui faire entendre de quoi il s'agissait, le pauvre garçon ignorait toujours les tenants et les aboutissants. Son père s'impatientait:

– Tu n'es jamais au courant de rien.

– Mais je ne savais pas... Tu ne m'avais jamais dit...

– Il n'y a que toi qui l'ignores; les autres le savent. Je n'ai eu besoin de rien expliquer à Élisabeth.

Domestiques et métayers avaient pris le pli de ne s'adresser jamais qu'à Madame, et quand ils parlaient de «Moussu», ou de «Moussu Gornac», ce n'était jamais Prudent qu'ils désignaient ainsi, mais son père.

Durant ses grossesses, Élisabeth avait renoncé à tout déplacement, et le Bos devenait le port d'attache du vieux Gornac. Il y apportait ses livres de comptes, qu'Élisabeth compulsait volontiers, sans quitter la chambre d'où, par une nombreuse correspondance, elle régentait le domaine.

– Ah! ma fille, soupirait le beau-père, quel dommage que je n'aie pas été à la place de Prudent! Nous aurions fait ensemble de grandes choses.

Elle protestait qu'elle ne se fût pour rien au monde mariée avec un pareil mécréant. Mais une autre religion les unissait: les pins, la vigne, – la terre, enfin. Ils communiaient: dans ce même amour. Si on leur avait ouvert le cœur, on y eût trouvé inscrits les noms de toutes les fermes, de toutes les métairies dont la possession les tenait en joie, les fortifiait aux jours de traverses et de deuil – empêchait qu'aucun drame atteignît en eux le goût de la vie. Quinze jours après le décès de son second fils, Jean Gornac avait acheté «pour un morceau de pain» une pièce de vignes qui touchait à Viridis. Élisabeth avait mis plus de temps, après qu'elle eut perdu ses deux petits, à rouvrir ses livres de comptes et à recevoir ses métayers; mais ce fut tout de même cela qui la reprit avant le reste.

– Cela qui ne nous suit pas dans la mort, c'est entendu, monsieur le curé, répétait-elle, mais qui dure après nous, tout de même!

Élisabeth répétait à son mari:

– Je me demande comment tu ne t'ennuies pas, je ne sais pas ce que je deviendrais au Bos, si je n'avais pas les propriétés.

Prudent n'osait répondre: «Tu me suffis...», – ces sortes de gentillesses n'ont pas cours chez les Gornac. Il aimait ses terres parce que, sans elles, il n'eût pas épousé Élisabeth, mais il en était jaloux: il souffrait de ce que la nuit, alors qu'une profonde émotion lui défendait toute parole, soudain, s'élevait, dans l'ombre nuptiale, la voix d'Élisabeth:

– Fais-moi penser, demain matin, à te demander ta signature pour le bail Lalanne.

Elisabeth n'a jamais douté que si elle n'avait pas quitté son mari, durant ce fatal octobre où elle dut aller surveiller les vendanges à Viridis, il ne fût pas mort. Il ne buvait pas avec excès quand elle était auprès de lui; mais seul, il s'enivrait tous les jours. Aucun doute qu'à jeun, il ne fût pas tombé si maladroitement de la carriole; il aurait évité cette fracture du crâne. Élisabeth y songeait souvent avec un amer regret, mais sans le moindre remords: elle avait fait ce qu'elle avait dû faire. Une crise de rhumatismes immobilisait le vieux Gornac, au pire moment d'une grève de vendangeurs. La récolte, cette année-là, était magnifique; les barriques manquaient; impossible de laisser pourrir le raisin: le blanc pouvait attendre, mais, pour le rouge, c'eût été un désastre. Accourue au premier appel de son beau-père, Élisabeth avait tout sauvé. Elle n'avait même pas eu le temps de répondre aux lettres de Prudent. Le pauvre homme n'avait jamais pu comprendre «le sérieux d'une situation». Une récolte comme on n'en voit pas tous les dix ans se trouvait en péril, et il n'y attachait aucune importance; au fond, il n'aimait que ses aises, que sa tranquillité.

Bien des fois, Élisabeth s'est rappelé cette dépêche reçue un soir à Viridis: «Grave accident de voiture; M. Prudent au plus mal...» Elle était montée avec son beau-père, encore à demi perclus, dans la victoria attelée en hâte. Elle pleurait sous la capote baissée. Arriverait-elle assez tôt pour lui fermer les yeux? Avait-il vu le prêtre? M. Gornac essayait de reconstituer l'accident:

– Voilà comment les choses ont dû se passer...

Il fallait que son esprit s'attachât à du concret. Et parfois:

– Est-ce que vous avez écrit à Lavergne, pour les barriques?

– Mais oui, père: ne vous tourmentez pas.

Il ramenait, dans un grand effort, sa pensée vers son fils agonisant. Il souffrait: la famille était atteinte; ses deux enfants l'avaient précédé dans la mort; seul, lui survivrait un petit-fils qui n'aimait pas la terre. Il avait ce sentiment, qui toujours lui avait été insupportable, qu'une affaire importante avait été mal engagée, qu'une partie était au moment d'être perdue sans qu'il pût rien faire pour la rétablir. L'homme Prudent Gornac pouvait disparaître sans lui manquer beaucoup; mais la mort du dernier fils Gornac était un désastre. Après tout, pourquoi songer à ce qu'il laisserait derrière lui? Il n'avait que soixante et onze ans; son père avait vécu jusqu'à quatre-vingt-quatre... Il aurait sa bru tout à lui:

– Pourvu qu'elle ne se remarie pas...

Il prononça à mi-voix:

– Ce serait le bouquet!

– Que dites-vous, père?

– Rien, ma fille, rien... Voici le Bos, nous approchons.

Mais, dans son esprit, il combinait déjà un testament en faveur de sa belle-fille, à condition qu'elle ne se remariât pas.

Il pensa de nouveau à Prudent, essaya de se représenter le cadavre, fit un effort pour éprouver les sentiments qui convenaient à la mort d'un fils. A ses côtés, Élisabeth, elle aussi, ramenait patiemment son esprit sans cesse évadé hors de sa sincère douleur. Elle pensait à sa vie, à ce qu'allait être sa vie: une situation nouvelle..., une vie nouvelle... Son fils Pierre avait alors douze ans. Quels étaient les droits de la veuve?... Communauté réduite aux acquêts...* Mais il n'y avait pas eu d'acquêts. Elle croyait se souvenir que la veuve avait droit au «préciput».* Qu'est-ce que le préciput? Elle ne pouvait en parler encore à son beau-père. Pierre, lorsqu'il serait majeur, ne se mêlerait de rien: au fond, tout le portrait du pauvre Prudent. Pauvre Prudent! Il faut prier pour lui; elle a oublié son chapelet; elle le récitera sur ses doigts. Ainsi, sa pensée ne vagabondera plus.

Dès que la victoria se fut engagée sous les chênes du Bos, Élisabeth souffrit enfin. Un métayer surgit de l'ombre, sauta sur le marchepied, raconta en patois l'accident. Le pauvre 'Moussu' respirait encore...

La reconnut-il? Il tournait vers elle un œil sans regard. M. le curé affirmait:

— Il me comprenait... Il me serrait la main...

IV

Dix ans après ce deuil, c'est pourtant cette femme forte, cette femme d'affaires, comme le vieux Gornac appelle sa bru, qui, ce soir, sur la terrasse de Viridis, s'accoude à la place où le petit Lagave était tout à l'heure étendu. Elle ne s'inquiète pas de savoir où en est le dernier sulfatage, ni si le moteur a été réparé; elle pense à cette jeune fille qu'aime Bob. Un train rampe, là-bas, sur le viaduc, – celui qui, un de ces soirs, ramènera son fils Pierre... Pierre a-t-il jamais aimé? A-t-il jamais été aimé?

– C'est un garçon raisonnable, a coutume de répéter Élisabeth. Nous sommes bien tranquilles: il ne fera jamais de bêtises, celui-là. D'abord, il a des principes, peut-être même un peu trop rigides. Il aurait une tendance à se dépouiller de tout; il est trop généreux ou, plutôt, il ne sait pas ce qu'est l'argent qu'on a gagné; ce qu'il possède ne lui a rien coûté, n'est-ce pas? Il ne connaît pas la valeur de l'argent...

Ce soir, Élisabeth se souvient que l'an dernier, comme son fils refusait d'aller danser au château voisin de Malromé,* et qu'elle insistait, le traitant d'ours et de sauvage, Pierre répondit:

– Je danse mal; et puis, j'assomme les jeunes filles. Elles me trouvent trop sérieux; elles n'aiment que ceux qui font la noce...

Élisabeth, furieuse, s'était écriée:

– Laquelle veux-tu? Fais un signe et tu l'auras... Un parti comme toi!

Répéterait-elle, ce soir, de telles paroles? Un absurde sentiment se fait jour en elle: de l'humiliation parce que Pierre n'a pas de succès féminins, parce qu'il ne plaît pas aux femmes! Serait-elle flattée qu'il fût, comme le petit Lagave, suivi à la trace, pourchassé?

Elle remonte par les charmilles, heurte à la porte des Galbert, qui ont fini de souper et qui, à son entrée, se lèvent. Il ne reste que les pièces du bas à sulfater. Il faudra laisser reposer les bœufs demain matin. L'Italien que Galbert a embauché travaille comme un cheval. La vigne a besoin d'eau: un orage suffirait; il suffit d'un orage. Oui, mais on appelle la pluie et c'est la grêle qui vient.

La petite la Sesque? C'est la petite la Sesque, votre jeune fille?

– Vous la connaissez donc?

Bob Lagave tourna vers Élisabeth son visage soudain illuminé, plein de feu. Il était assis sur la terrasse, les jambes ballantes; et Élisabeth Gornac, debout près de lui. Dix heures: sur la vigne, la brume tremblait.

– La dernière fois que je l'ai vue, elle était dans les bras de sa nourrice. Mais sa mère et moi, nous nous appelons par nos prénoms. D'ailleurs, nous sommes cousins... Je ne saurais très bien vous dire comment... Au fait, si... et même cousins assez rapprochés: l'arrière-grand-mère de la petite était la demi-sœur de mon grand-père. Oui, un la Sesque s'était marié deux fois; sa seconde femme était une Lavignasse. Et comme il avait épousé en premières noces une Péloueyre, par ma belle-mère, nous sommes parents de ce côté-là aussi... Mon pauvre Bob, je vous ennuie...

Non, elle ne l'ennuyait pas. Paule pourrait venir ici. Il allait la voir...

– Puisque vous êtes intime avec les la Sesque...

– Intime? Comme vous y allez! Vous savez que les la Sesque sont ruinés? Ils ont vendu leurs propriétés au plus mauvais moment. Mon beau-père a eu la Ferrière pour un morceau de pain. Et puis, ils sont allés habiter Paris. On se demande comment ils font: ces dames ont des toilettes comme je n'en ai jamais eu. On dit qu'ils mangent leur capital. C'est possible, mais tout a une fin. Je ne critique personne, mais tout ça ne me plaît pas beaucoup. Ce sont des bohèmes, c'est le genre artiste, ce n'est pas le nôtre.

– Oui, mais vous trouveriez naturel, si Paule de la Sesque avait une panne d'auto près d'ici, de l'accueillir, le temps qu'il faudrait...

– Cela va de soi...

– Eh bien! si je vous disais qu'elle se produira, un de ces jours, cette panne...

– L'œil câlin, il cherchait le regard d'Élisabeth Gornac, qui devint très rouge et l'interrompit d'un ton sec:

– Je vous vois venir. Pour ça, non, mon petit. Ne me mêlez pas à vos histoires.

Il protesta qu'il ne s'agissait pas d'une intrigue, que Paule et lui se considéraient comme des fiancés.

– Vous? fiancé à Mlle de la Sesque?

Elle riait, elle riait trop fort, trop longtemps. Bob serra les lèvres, ferma à demi les yeux comme lorsqu'il avait peur de montrer qu'il était blessé; et sa voix se fit plus douce, signe, chez lui, de fureur contenue:

– Oh! vous savez, les la Sesque ont les habitudes de Paris: ne vous faites pas d'illusions. Pour les gens du monde, à Paris, vous, moi, les la Sesque, c'est la même fournée... Il y a cette différence, pourtant, que, moi, on me reçoit dans des salons où les la Sesque ne mettront jamais les pieds...

Impossible de se contenir plus longtemps. Depuis sa maladie, Bob ne dominait plus ses nerfs... Elisabeth s'inquiétait de l'avoir mis hors de lui; elle ne pensait qu'à sa santé.

– Voyons, ne soyez pas insolent. Vous ne m'avez pas comprise: c'est à cause de votre âge que je ne vous imaginais pas fiancé.

Il s'efforçait de reconquérir son calme.

– Quand je dis que nous sommes fiancés... Les parents n'en savent rien, je l'avoue; ils seraient furieux; ils cherchent le sac, naturellement! Mais, écoutez-moi! Quand vous aurez vu Paule, vous comprendrez que j'aie pu vous demander ce service... Elle ne ressemble pas aux autres jeunes filles... Elle ne peut pas faire le mal...

– Attendez... Je me souviens, maintenant. Qui donc m'a parlé, en effet, de Paule de la Sesque avec admiration?... Mais c'est Pierre... Il l'a rencontrée, l'année dernière, dans un pique-nique... Il disait: «Enfin, une jeune fille avec qui l'on peut causer!»

– C'est vrai qu'on peut causer avec elle, même quand on est aussi instruit que doit l'être Pierre. Il va bien, Pierre? Vous n'avez pas encore de lettre?... Je ne l'ai guère revu depuis l'époque où nous jouions ici; à peine l'ai-je aperçu, l'an dernier... Mais déja, à douze ans, vous vous rappelez, il avait toujours un bouquin dans sa poche.

– Oui, pour cela il est bien le fils de son pauvre père, qui ne sortait jamais même pour une courte promenade, sans un livre... Il peut arriver ici d'un jour à l'autre... Il a la manie de ne pas avertir.

– Ce qui est inimaginable, Madame, c'est qu'une jeune fille comme Paule ait jeté les yeux sur moi... Non, ne riez pas: je vous jure qu'il n'y a rien entre nous. Quand vous la verrez, vous comprendrez...

– Vous vous embrassez tout de même? Allons, avouez-le... Hein?

Elisabeth s'éventait avec son mouchoir. Il répondit simplement:

– Je baise son front, ses cheveux, ses yeux, sa main.

– Que voulez-vous faire de plus?

Il dévisagea avec étonnement cette personne placide, éclata d'un rire un peu canaille, murmura:

– Ce que vous êtes peu à la page! Mais il n'y a pas deux jeunes filles comme Paule de la Sesque, vous entendez: je n'en connais pas deux...

– Parlez pour Paris. Nous autres, en province...

– Les filles d'ici? Ah! là! là!

Il riait encore, bassement.

– Non, Madame, je m'y connais; il n'y a que Paule, je vous assure.

Il balançait ses jambes et regardait au loin. Élisabeth détourna les yeux de ce visage; elle céda au désir de le rendre heureux:

– Hé bien! je l'accueillerai volontiers; mais pour un jour ou deux: le temps de réparer une panne.

– Vous ferez cela?

– J'ai peut-être tort...

Déjà, il était debout, baisait les mains de Mme Gornac.

– Je vais lui écrire; je porterai la lettre à Langon pour qu'elle parte ce soir.

Il s'éloigna, rapide. Élisabeth lui cria:

– Ne courez pas... Vous allez vous mettre en nage...

Mais il était trop loin pour l'entendre. Il régnait une fraîcheur de cave, chez sa grand-mère; sûrement, il allait attraper du mal. Elle avait eu tort de se laisser arracher cette promesse. Après tout, elle ne risquait rien. Que dirait son beau-père, s'il se doutait qu'elle pût prêter la main à de telles manigances?

– Le fait est que ça ne me ressemble pas. Je suis trop faible avec ce petit.

Faudrait-il le dire à son confesseur? Bob avait juré qu'il ne faisait rien de mal.

– Mais les la Sesque seraient en droit de me reprocher... Je comprends que ce mariage serait pour eux un désastre... Leur fille déclassée... Et puis, ce sera la faim et la soif...

Comme elle remontait par les charmilles, préoccupée, les yeux à terre, elle vit un foulard d'indienne que Bob, en courant, avait perdu; elle le ramassa. Le garçon avait dû le trouver dans une armoire de sa grand-mère; mais, porté par lui, ce foulard paysan venait de chez Barclay,* sentait la nicotine et l'ambre. Élisabeth le mit dans son sac a ouvrage, et comme elle passait devant chez Galbert, elle aperçut M. Gornac, debout contre la porte ouverte, soulevant d'une main le lambeau d'étoffe qui cachait à demi l'entrée. C'était l'heure du déjeuner des Galbert; mais il ne leur laissait jamais de répit, n'admettait pas que ses gens eussent d'autres soucis que les siens. Élisabeth l'appela d'une voix irritée:

— Voyons, père, laissez-les déjeuner tranquilles... D'ailleurs, vous pouvez vous rapprocher de la maison: on va servir.

Il s'appuya au bras de sa belle-fille, en bougonnant: elle avait oublié d'avertir Galbert qu'à cause de la chaleur, la sieste durerait jusqu'à quatre heures et que les hommes travailleraien après le coucher du soleil. Elle n'écoutait pas ses explications, obsédée par cette histoire du petit Lagave. Elle n'aurait pas dû consentir... Une femme de son âge! elle donnait raison à M. Gornac, qui lui répétait, comme il entrait dans la salle à manger.

— Vous n'avez plus la tête à rien, ma fille.

Non, elle n'avait plus la tête à rien; il fallait y mettre bon ordre. Eh bien! après déjeuner, elle traverserait la route, irait chez Maria, pour avertir Bob de ne plus compter sur son aide. La vieille ne trouverait-elle pas cette visite étrange?

— Je dirai que je rapporte à Bob le foulard qu'il a perdu.

— Madame Prudent! par cette chaleur!

Maria Lagave dévisageait Élisabeth écarlate. La cuisine était fraîche et sombre; des mouches agonisaient en bourdonnant sur des papiers englués.

— Il fait si chaud qu'on ne peut même pas sortir les bœufs... Il n'y a que Robert pour courir les routes, à cette heure.

— Ah! il n'est pas là? Je lui rapportais justement ce foulard...

— Vous êtes bien bonne... Vous déranger pour ce drôle,* et avec ce soleil! Vous auriez aussi bien pu le lui remettre quand il ira chez vous; il y est tout le temps fourré. Comme je lui dis: «Tu n'as pas de discrétion.»

La vieille ne levait pas le nez de son tricot. Qu'imaginait-elle? Élisabeth dit:

— Chez nous, il fait aussi chaud dedans que dehors. Et puis, je suis restée assise toute la matinée: cela me fait du bien de marcher. Alors, il est sur les routes, par ce temps?

–Une lettre pressée, qu'il dit. Je vous demande un peu! Comme si les lettres de ce garçon, qui n'a jamais rien fait de ses dix doigts, ne pouvaient pas attendre! Mais non; il fallait que cette lettre partît coûte que coûte, ce soir même. Lui qui est le plus grand fainéant que la terre ait porté, et qui n'aurait pas idée de se lever pour ramasser mes ciseaux, il est parti pour Langon à bicyclette. Moi, je n'ai pas voulu exposer le cheval à un coup de sang: on sait ce que coûte un cheval, aujourd'hui. Je vous assure que lorsque quelque envie le travaille, il n'est plus fatigué. Si vous l'aviez vu! Sûrement, une sale histoire de femme...

– Vous savez, Maria, les jeunes gens...

– Oui, oui: il y en a qui s'amusent, mais ils travaillent aussi. Chaque chose en son temps. Le nôtre, voyez-vous, c'est un propre à rien, pour ne pas dire plus. Son pauvre père n'avait pas mérité ça. On n'a pas raison de dire: «Tel père, tel fils», madame Prudent.

Élisabeth rentra dans la fournaise extérieure, traversa la route vide. Tout ce qui au monde avait une tanière, s'y était tapi.

– Le vin est tiré...,* murmura-t-elle.

Après tout, ce n'était pas si grave. Cette petite la Sesque avait l'âge de raison; par exemple, elle le répéterait à Bob: c'était la dernière fois qu'elle se mêlait de ses histoires. Et si Pierre se trouvait à Viridis, au moment de la panne? Eh bien! il croirait à l'accident... Il n'était pas si malin... Élisabeth s'étendit dans le salon sombre. Au second étage, elle entendait les ronflements du vieux Gornac. Le soleil avait enchanté le monde, l'avait frappé de stupeur; pas même un chant de coq: il régnait seul. Des êtres qui s'aimaient, peut-être profitaient-ils de cet universel engourdissement. Dans les vignes endormies, au fond des chais ténébreux, des mains se cherchaient, des yeux se fermaient en se rapprochant. Le monde, jusqu'à quatre heures, demeurait vide, accueillant pour ceux qui n'ont pas peur du feu; que craindraient-ils? Cette ardeur prolonge leur ardeur et l'argile ne brûle pas plus que leurs corps. Élisabeth Gornac s'endormit.

V

Trois jours plus tard, ce fut à la même heure, dans le temps de la plus grande torpeur, que Bob ouvrit la porte du vestibule, et une voix jeune de femme répondait à la sienne. Élisabeth se leva, embrassa d'un seul regard, ce couple sur le seuil du salon. Elle vit Paule se dépouiller d'un léger manteau et apparaitre, drue, sous une robe de tennis. Quand la jeune fille eut enlevé son chapeau, Élisabeth fut choquée par cette de garçon brun, de beau garçon intelligent. Cependant, la dame parlait comme les timides, à perdre haleine, interrogeait la chère petite sur ses parents. La vie de province devait lui peser, quand on est habitué à Paris... Ici, il n'y avait pas beaucoup de distractions... Elle s'aperçut que les jeunes gens n'essayaient même pas de répondre, interrompit son verbiage. Alors, Paule la remercia de lui avoir fait confiance, l'assura qu'elle n'aurait aucun sujet de s'en repentir. Élisabeth demanda, avec un rire forcé, si la panne serait réparée avant la nuit. Bob répondit que Mlle de la Sesque comptait repartir le lendemain, à la fin de la journée.

– Mais ce soir, nous dînerons à l'auberge de Langon. A cause de M. Gornac, ça vaut mieux.

– Je vais donc préparer votre chambre... Vous ne voulez pas monter? Oui, je vois que vous êtes vêtue de toile... Je vous laisse. Vous devez avoir beaucoup à vous dire: je vous abandonne le salon.

Ils échangèrent un regard, protestèrent que la chaleur ne les effrayait pas. Élisabeth, alors, ouvrit elle-même la porte du côté du midi, les regarda s'éloigner. Ils disparurent. Elle monta à l'étage des chambres, pénétra dans celle qui était déjà préparée depuis la veille et s'assura qu'il n'y manquait rien; puis, par les volets entre-bâillés, son regard plongea dans le jardin. Le même silence y régnait que chaque jour, à la même heure. Aucune parole humaine n'y était perceptible. Aucune branche ne craquait: rien que la prairie murmurante et qu'une cigale acharnée; et parfois, un oiseau n'achevait pas sa roulade, comme en rêve. Non, rien ne trahissait, dans le jardin assoupi, leur présence.

— Ils ne font pas de bruit, ils ne sont pas gênants.

Ainsi se rassurait Élisabeth. Mais elle se souvint que, jeune mère, elle s'inquiétait quand Pierre jouait sans cris. N'avaient-ils donc rien à se dire, ces deux enfants? Où étaient-ils assis? sur quel banc? ou dans quelle herbe, côte à côte, étendus?

M. Gornac, du rez-de-chaussée, l'appela. Elle tressaillit, ferma les persiennes, puis la fenêtre.

— Me voilà, père!

Il était assis dans le billard, son vieux panama roux sur la tête.

— J'ai voulu sortir. Cette sacrée chaleur m'a étourdi. C'était pour aller voir, depuis la terrasse, s'il n'y a pas de fumée du côté des landes. Allez-y donc, ma fille, Vous savez dans quelle direction il faut chercher le Bos?* Placez-vous entre le troisième et le quatrième tilleul. Beau temps pour la vigne, mais fichu temps pour les pins!

Tous les étés, aussi loin qu'allait son souvenir, lui avaient donné du tourment: torrides, le feu dévorait les pignadas; pluvieux, la vigne souffrait. Élisabeth songea qu'il aurait pu rencontrer Mlle de la Sesque et Bob; elle fut au moment de lui servir la fable de la panne, dès longtemps préparée. Mais, devant l'inévitable scène, elle se sentit sans courage: après tout, puisque la jeune fille ne dînait pas ce soir, et qu'elle ne rentrerait qu'à l'heure où M. Gornac était depuis longtemps endormi, mieux valait courir la chance de ne rien lui dire. Peut-être ne s'apercevrait-il pas de cette présence étrangère. Sauvage, il détestait les figures inconnues, «s'esbignait»* comme il disait, dès l'annonce d'une visite; et lorsqu'une automobile franchissait le portail, il courait du côté des vignes, se cachait jusqu'à ce que l'ennemi eût levé le camp.

– Alors, vous reviendrez me dire si vous avez vu de la fumée?

Élisabeth traversa la cour, pénétra sous les charmilles. Le couple, pourtant, ne pouvait être qu'ici, tapi dans ce petit espace: les charmilles, ce bosquet à droite, et à gauche le verger. Aux alentours, il n'y avait rien que les vignes sous l'azur blême. Tel était l'engourdissement du monde, qu'Élisabeth aurait dû, songeait-elle, entendre leurs souffles confondus, le battement même de leurs deux cœurs. Elle suivait l'allée des tilleuls qui, à l'est, prolongeait la terrasse. Elle s'arrêta entre le troisième et le quatrième tilleul, devant la part d'horizon où s'étendaient les forêts de la famille. Elle leva la tête, tressaillit: oui, un voile fuligineux cachait le ciel. Les gens de la ville eussent cru que c'était un orage, mais elle eut vite fait de reconnaître la colonne étroite et rousse à la ligne d'horizon, puis qui s'étendait en éventail sur l'azur sali. A ce moment, le vent du sud froissa les feuilles flétries des tilleuls, épandit sur les vignes le parfum des pins consumés. Élisabeth se fit à elle-même le raisonnement qui l'aidait, en de telles circonstances, à calmer son angoisse:

– Le feu brûlait du côté du Bos, mais ce pouvait aussi bien être à cinquante kilomètres au delà.

Impossible de mesurer la distance, à vingt lieues près. L'année où les landes brûlèrent en bordure de la mer, comme le vent portait, il pleuvait de la cendre jusqu'ici...

Il fallait, pourtant, aller le dire à son beau-père:

– Dans quel état je vais le mettre!

Elle pensait bien moins à ses pins, peut-être détruits, qu'à l'insupportable agitation du vieux Gornac. Si, toujours, Élisabeth avait été frappée du calme surnaturel de ces après-midi d'août sur les vignes, alors qu'à quelques lieues, des forêts vivantes, dans un immense crépitement, étaient anéanties, ce jour-là, elle s'étonnait d'être plus sensible encore à ce silence: un autre incendie couvait, tout près d'elle, à deux pas, – peut-être derrière ce massif de troènes. Le feu pouvait s'étendre dans la direction du Bos; ce n'était pas à ces milliers d'arbres qu'elle pensait, mais à deux corps étendus elle ne savait où, – à un jet de pierre, sans doute; si près de l'allée où elle demeurait immobile, que sans ce vent du sud chargé d'odeurs de résine brûlée, elle aurait entendu... Qu'aurait-elle entendu?

Elle s'obstinait à penser à cela, devant cette fumée immense du côté des landes auxquelles son cœur tenait par un attachement si fort. Elle passa ses deux mains sur sa figure moite, regarda ses bras, sentit soudain le poids de son corps alourdi. Comme elle se fût pincée au moment de s'évanouir, elle se répéta:

– Si les pins du Bos brûlent, il faudra les vendre à vil prix; les semis ce serait pire: la perte sèche...

Mais cette pensée même ne l'arrachait pas à son état d'hébétude, à la monstrueuse indifférence qui la tenait immobile au milieu d'une allée, sous le soleil de trois heures, dans ce jardin dont elle ne reconnaissait plus le silence.

– Il faut aller le dire à père... Cela va le rendre fou... Comment, si près de la mort, et lorsqu'il va falloir tout quitter, peut-on demeurer à ce point occupé des biens de ce monde?

Cette réflexion chrétienne lui était familière; mais elle ne la faisait jamais qu'à propos du vieux Gornac, et ne se l'était jamais appliquée. Aujourd'hui, pour la première fois, elle comprend ce que signifie: tout quitter; elle éprouve que ce qui brûle là-bas, quoi qu'il advienne, doit lui être arraché, qu'elle ne possède rien, qu'elle est déjà nue sur cette terre insensible, dont elle sait que le père Gornac a fait recouvrir, brouette par brouette, la tombe où ils doivent être, un jour, couchés côte à côte, avec Prudent, avec le frère de Prudent; et les deux petits cercueils de ses derniers-nés... Mais quoi! ce garçon et cette jeune fille qui, tout près d'elle, se cachent, seront séparés un jour, eux aussi.

– Non, ce n'est pas la même chose! Ce n'est pas la même chose! répète-t-elle à mi-voix.

Elle ne saurait exprimer ce qu'elle éprouve; elle ne le voit pas très clairement: pour éphémère que soit tout amour elle pressent qu'il est une évasion hors du temps; et sans doute il faudra rentrer, tôt ou tard, dans la geôle commune, mais il reste de pouvoir se dire:

– Au moins, une fois, je me suis évadé; au moins, une fois, une seule fois, j'ai vécu indifférent à la mort et à la vie, à la richesse et à la pauvreté, au mal et au bien, à la gloire et aux ténèbres, – suspendu à un souffle; et c'était un visage qui, paraissant et disparaissant, faisait le jour et la nuit sur ma vie. Une fois, cela seul, pour moi, a mesuré la durée: le battement régulier du sang, lorsque je me reposais sur une épaule et que mon oreille se trouvait tout contre le cou.

Élisabeth répétait: «Ce n'est pas la même chose...», sans pouvoir s'expliquer pourquoi la mort, qui devait l'arracher à jamais à ses vignes et à ses forêts, n'aurait pas été si puissante contre son amour, – l'amour qu'elle n'avait pas connu. Quoi qu'il pût leur arriver, le petit Lagave et la jeune fille auraient cette après-midi éternelle. Quel silence! Élisabeth imaginait que ce n'était pas le soleil d'août, mais ce couple muet qui suspendait le temps, engourdissait la terre. Bien que toutes ces pensées demeurassent confuses dans son esprit, elle ressentait fortement une indifférence à tout ce qui lui avait été, jusqu'à ce jour, l'unique nécessaire, – un tel détachement, qu'elle eut peur:

– Je suis malade... Mais bien sûr: c'est l'âge, peut-être.

Elle se souvint d'une de ses amies, une femme pondérée, qui, vers quarante-huit ans, passa pour folle. Elle frotta de sa main gauche son bras nu, la fit glisser sur sa croupe, puis le long de la cuisse:

– Assez de bêtises, se dit-elle. Allons avertir père.

Mais ayant de nouveau regardé du côté du Bos, elle vit que la colonne fumeuse s'était diluée dans l'azur; à peine si de légères vapeurs traînaient encore au-dessus des landes. Le feu avait été vaincu. Inutile d'inquiéter le vieux. Déjà, le monde s'éveillait; des dos roux de bœufs émergeaient des vignes et une voix d'homme les appelait par leurs noms.

– Assez de bêtises, se disait Élisabeth. Assez de bêtises...

Elle pénétra dans le billard:

– Rassurez-vous, père, le ciel est pur du côté du Bos.

M. Gornac, assis devant des livres de comptes, releva sa vieille tête. Il dit que quand la résine était chère, on pouvait être tranquille: les métayers veillaient. Et puis, il y avait de moins en moins de troupeaux dans la lande:

– Moi, j'ai toujours cru que ce sont les bergers qui mettent le feu.

Elle sortit de nouveau; le soleil, déjà bas, allongeait son ombre. Elle prit l'allée à droite des charmilles et soudain, à l'autre extrémité, aperçut le couple qui remontait vers la maison. Ils ne se parlaient pas, se tenaient par un doigt, comme font les paysans. Paule avait une robe de toile qui, à chaque pas, dessinait ses cuisses longues; ses pieds étaient nus dans des espadrilles; sur l'une de ses jambes brunes, il y avait du sang. La chemise du petit Lagave était ouverte. Une douleur fulgurante cloua Élisabeth. Son visage n'en devait rien trahir, car les jeunes gens lui souriaient; ils se rapprochaient. Ils lui paraissaient transparents et comme diaphanes. Élisabeth n'avait jamais vu ces yeux appesantis; elle n'avait jamais vu, sous des paupières, dormir cette eau trouble, – ce secret d'ardeur, de fatigue, de ruse. Elle n'avait jamais vu de près aucun visage; elle n'avait jamais été attentive, jusqu'à ce jour, à des yeux vivants. Encore cette douleur qui lui fit porter la main à son front. Bob lui cria:

– Qué calou! (quelle chaleur!)

Paule promena ses lèvres le long de son bras et dit:

– Mon bras est salé.

Bob ayant répondu: «Je le savais...», ils éclatèrent de rire. Élisabeth leur dit de ne pas rentrer encore. Mieux valait que M. Gornac ne les vît pas.

– Je vais vous porter à boire sur la terrasse.

Ils la remercièrent du bout des lèvres; ils se regardaient, ne la voyaient plus. Ils redescendirent, ne s'inquiétant même pas de savoir si Élisabeth les observait, et, déjà immobiles, les visages confondus, ils demeuraient pétrifiés. Et elle aussi, la lourde femme, à demi tournée vers ce couple, ne bougeait pas, statue de sel.

Elle rentra dans la maison par la cuisine, pour échapper au vieux Gornac. Les domestiques faisaient la sieste. Elle emplit une carafe d'eau fraîche dans l'office, prit la bouteille d'orangeade et deux verres et, de nouveau, se hâta vers la terrasse. Paule de la Sesque s'y détachait seule sur le ciel.

– Bob va revenir: il est allé chez lui chercher un costume de bain. Nous allons descendre en auto jusqu'à la rivière; il se baignera; puis, nous irons dîner à Langon. Bob me ramènera... Vers quelle heure dois-je rentrer? Ai-je la permission de minuit?

Aucune gêne dans sa voix: elle n'imaginait évidemment pas que sa conduite fût répréhensible. Élisabeth la rassura: par ces temps de grosse chaleur, elle se couchait tard pour profiter de la fraîcheur nocturne; au reste, mieux valait que la jeune fille ne rentrât que lorsque M. Gornac serait couché et endormi.

– La porte ne sera pas fermée à clé. N'ayez pas peur du chien; il est attaché.

Paule de la Sesque observait, au bas de la terrasse, le chemin entre les vignes par où Bob devait revenir. Cependant, elle s'efforçait de «faire un frais»,* comme disait Bob:

– Je n'oublierai jamais, Madame, que nous nous sommes fiancés sous vos charmilles...

– Fiancés!... Mais vos parents?...

– Ce sera dur... D'autant que je suis demandée par le fils... Mais ce ne serait pas discret de vous dire le nom: un des plus gros propriétaires du Bazadais. Vous le connaissez sûrement. Oui, je vais leur porter un coup... Mais eux-mêmes ont-ils jamais pensé à autre chose dans la vie qu'à leur plaisir?

– Ma chère petite, en l'occurrence, ils ne penseront qu'à vous, qu'à votre bonheur...

– Je suis seule juge de mon bonheur. Vous qui connaissez Bob...

– Il est très gentil; mais moi à votre âge, je n'aurais jamais consenti à épouser un garçon si jeune. Je voulais un homme sérieux, un homme fait, mûri par la vie et sur lequel je pusse m'appuyer...

Elle répétait par habitude ces formules qu'elle avait toujours entendues dans sa famille. Toutes les filles, par principe, y méprisaient la jeunesse de l'homme, n'aspiraient qu'à la couche d'un «monsieur», de quelqu'un d'établi: importance, corpulence, calvitie. Comme elle répétait: «Un homme fait..., un homme fait...,» ne perdant pas des yeux, elle non plus, le chemin par où allait surgir le petit Lagave, Paule l'interrompit:

– Moi, j'aime mieux un homme à faire... Tout est à faire ou à refaire dans Bob. Oh! je n'ai pas d'illusions; je l'aime comme ça... Le voilà!

Il courait, il agitait au bout de son bras nu un caleçon minuscule. Il cria, essoufflé:

– Vous avez demandé à Mme Gornac?...

– Voyons, Bob, je vous en prie...

Paule avait rougi; et comme Élisabeth demandait: «De quoi s'agit-il?» le jeune homme, malgré les protestations de la jeune fille, assura qu'elle était désolée de ne pouvoir se baigner, faute de costume, et qu'il lui avait soufflé d'obtenir de Mme Gornac le caleçon dont se servait Pierre:

– Un caleçon très convenable, qui lui montait jusqu'au cou... Je l'ai vu l'an dernier... Il flottait un peu autour de Pierre... Mais vous, Paule, vous le remplirez bien.

– Je vous supplie, Madame, de ne pas le croire, je plaisantais...

Elle donnait à Bob des coups de coude pour qu'il n'insistât plus. Élisabeth, en effet, détournait d'eux un visage sévère. Elle était choquée; elle croyait être choquée. Au vrai, cela, surtout, l'avait assombrie: l'image de son fils Pierre, réduit, efflanqué, dans un caleçon trop large boutonné jusqu'au cou. Paule, maladroitement, parla de lui:

– Quand vous verrez votre fils, veuillez me rappeler à son souvenir. Quel plaisir j'ai eu à causer avec lui, l'an dernier, durant ce pique-nique! On ne rencontre pas souvent dans le monde un garçon de cette valeur... Que vous êtes bête, Bob, de rire comme ça... Pourquoi riez-vous? Vous n'avez pourtant pas bu?

– Si! de l'orangeade. Je ris pour rien. Ne suis-je pas libre de rire pour rien? D'ailleurs, vous riez aussi...

– Quel idiot vous êtes!

Ils se moquaient de son fils. Élisabeth souffrait, se disant:

– Ils ne lui vont pas à la cheville.

Ils ne lui allaient pas à la cheville, mais se poursuivaient dans ce jour à son déclin, face aux landes et au pays de Sauternes, sur la terrasse embrasée. Elle dit:

– Bob, ne vous mettez pas en nage, puisque vous voulez vous baigner...

Puis, elle remonta vers la maison, sans tourner la tête.

VI

– Vous ne montez pas encore, ma fille?

– Non, père: je veux profiter un peu de la nuit.

– Méfiez-vous du serein:* c'est quand on a eu très chaud pendant le jour que l'on attrape du mal... Alors, vous ne montez pas?

M. Gornac détestait que ses habitudes n'eussent pas pour tous, dans la maison, force de loi. Élisabeth lui cédait presque toujours. Mais, ce soir, il fallait attendre le retour de la jeune fille.

– Vous mettrez la barre à la porte.

– Oui, père, ne vous inquiétez pas.

– Si vous attrapez un rhume, ce ne sera pas faute d'avoir été avertie. Je me demande, ma pauvre fille, vous toujours si active, quel plaisir vous pouvez éprouver à demeurer assise, sans rien faire, dans le noir... Enfin, vous n'êtes plus une enfant. Bonne nuit!

Il ferma derrière lui la porte du vestibule. Élisabeth poussa un soupir. Elle était assise sur le banc du seuil. Une prairie vibrante dévalait jusqu'à la route; au delà, vivaient les collines confuses, piquées de feux. Des rires, des appels, des abois montaient de la terre encore chaude, mais délivrée. Élisabeth suivait des pensées vagues et qui, jusqu'alors, lui avaient été bien étrangères. Elle songeait que cette soirée, semblable à tant d'autres, revivrait sans doute jusqu'à leur mort dans le souvenir de ces deux enfants amoureux. A cause d'eux, elle aussi ne pouvait se défendre de prêter à ce soir un caractère solennel. Son esprit s'attachait au couple, depuis l'instant où elle avait entendu décroître leurs rires. Ils étaient montés dans l'auto, ils avaient dû traverser le bourg de Saint-Macaire, puis atteindre la rivière par ce petit chemin, entre les murs. Seul, Bob s'était déshabillé derrière les saules, et elle, assise sur le gravier, au bord du fleuve, l'attendait. Ah! de nouveau, cette douleur fulgurante... Où sont-ils, maintenant? Une voix grave lui dit: «Bonsoir!» Elle reconnut, à sa stature, le fils aîné du bouvier. Il descendit vers la route et elle ne le vit plus. Mais, peu après, elle entendit encore sa voix à laquelle répondit un rire étouffé. Il était attendu au bas de la prairie. Élisabeth regarda au-dessus d'elle ce fourmillement, cette toile noire rongée à l'infini, dévorée de mondes blêmes. Elle ne savait pas de quoi, ni pourquoi elle avait peur. Les yeux dessillés, à quarante-huit ans, elle découvrait sa solitude et, somnambule, se réveillait au bord d'un toit, au bord d'un gouffre. Aucun autre garde-fou qu'un corps bien-aimé: il nous cache, il nous défend, il nous protège contre les hommes, contre la nuit, contre l'inconnu. Que le courage doit être facile à deux êtres unis dans la chair! Les voix se turent, et les rires. Les lumières moururent une à une jusqu'à ce que les collines ne fussent plus que des vagues d'ombre. Une lune tardive se leva sur les routes endormies. Un seul coq alerta tous les coqs du pays de Benauge. Élisabeth sentit le froid, rentra sans pousser le verrou, à cause de Paule. La lampe était allumée au salon; elle se crut rassurée, s'assit à sa place habituelle, ouvrit le panier plein de linge à repriser, chercha ses lunettes.

Le salon était vaste et la lumière n'en atteignait pas les angles. Le mobilier de palissandre faisait cercle autour du guéridon d'acajou. Des papillons aveugles contre l'abat-jour palpitaient. Élisabeth avait horreur des papillons; mais impossible de clore les fenêtres: il fallait que pût entrer librement la fraîcheur de la nuit, qui plus précieuse que l'eau du désert, serait conservée jusqu'au lendemain soir.

– Dès neuf heures du matin, disait Élisabeth, je ferme tout.

La terreur de l'ombre pénétrait aussi, avec les papillons dans le salon triste. Élisabeth posa son ouvrage, murmura:

– Que fait-elle donc, cette petite? Dix heures ont sonné depuis longtemps. Seule, dehors, avec ce garçon... Ah! je n'aurais pas dû...

Ainsi invoquait-elle les convenances; au fond, c'était le désir de n'être plus seule qui l'attira encore sur le seuil. Et elle scrutait l'ombre, croyait que des froissements de feuillages étaient des bruits de pas. Personne. Où étaient-ils? Que faisaient-ils? Encore cette douleur insupportable:

– Les fiançailles... Mes fiançailles...

Elle regarda ce salon où, deux ou trois fois, elle était venue de Beautiran pour passer deux heures avec son fiancé. Et, chaque fois, ses parents l'avaient ramenée, le soir, car il n'est pas convenable que des fiancés dorment sous le même toit. Une heure avec Prudent sur ce canapé! La porte demeurait ouverte, et dans la pièce voisine, se tenait aux écoutes Mme Lavignasse, qui, parfois, toussait et criait:

– Je ne vous entends plus.

Ils ne s'embrassaient pourtant pas, mais simplement, ne trouvaient plus rien à se dire. Élisabeth leva les épaules, fut secouée par un étrange rire. Elle avait toujours été bien gardée, depuis sa toute petite enfance. Une jeune fille ne doit jamais rester seule. Son institutrice montait la garde devant la porte des cabinets pour qu'elle ne s'y attardât pas. Jamais seule! Et dire que Mlle de la Sesque passe pour être plus sérieuse que ses compagnes!

– Elle finira bien par rentrer. Je lui dirai son fait, à cette petite. Et, d'abord, je la prierai de ne plus mettre les pieds ici. Elle part demain: bon voyage!

Cette fois-ci, elle ne se trompe pas: on marche dans l'allée; le chien aboie, Élisabeth pose en hâte son ouvrage, pénètre dans le vestibule:

– Enfin! vous voilà, mon enfant! Je commençais à m'inquiéter...

Mais c'est une voix d'homme qui lui répond:

— Tu me dis «vous» maman?

— Pierre! C'est toi?

— Qui attendais-tu d'autre?

— Mais comment arrives-tu à cette heure-ci? Voilà près d'une heure que le dernier train...

Pierre Gornac avait suivi sa mère dans le salon.

— J'avais roulé toute la journée, par cette chaleur; alors, j'ai eu envie de marcher au clair de lune. Mes bagages sont restés à la gare. Je suis monté à pied, à travers les vignes.

— Pourquoi n'annonces-tu jamais ta venue? Je t'assure que ce serait plus simple pour tout le monde. Mais tu n'aimes pas à te gêner.

— Déjà des remontrances!

— Mais non, mon chéri, c'est pour toi, ce que j'en dis... Je t'aurais préparé un petit dîner... Tu as dîné? Alors, tu veux te coucher? Tu dois être fourbu.

Elle avait hâte qu'il fut dans sa chambre. La petite la Sesque pouvait survenir à tout instant... Fallait-il lui raconter l'histoire de la panne d'auto? Pierre était debout près de la lampe, grand, maigre, avec des taches de suie sur son visage osseux. Quand elle revoyait son fils, il lui paraissait toujours enlaidi.

— Va au moins te débarbouiller.

Il répondit sèchement:

— Oui, j'y vais, pour que tu puisses m'embrasser.

Elle se haussa vivement vers lui:

— Que tu es sot, pauvre chéri!... Mon Dieu, que tu es grand!... Il me semble que tu as encore grandi.

— Un mètre quatre-vingts depuis cinq ans. Non, inutile de me répéter cela à chaque retour: je ne grandirai plus.

— Voyons, assieds-toi: tu n'as pas soif?

— Non.

— Et faim?

— Je t'ai déjà dit que j'ai dîné.

— Tu as fait un bon voyage? Tu n'as pas toussé? Tu n'as pas eu de saignements de nez?

Pierre allait et venait, secouant sa tête irritée:

– Maman ne s'intéresse qu'à ma santé, songeait-il. Il n'y a que cela qui compte pour elle...

Et soudain:

– Tu ne me demandes pas si mes conférences ont eu du succès?

– Que tu es susceptible! Eh bien! Tes conférences ont-elles eu du succès?

Il feignit de ne pas sentir l'ironie et répondit:

– Elles en ont eu beaucoup: à Limoges, j'ai tenu tête à un communiste et j'ai retourné la salle. Le communiste m'a serré la main... Les royalistes m'ont donné plus de mal à Angers...

– Ah!... Mais assieds-toi donc. Tu es là, à tourner... Tu me donnes mal au cœur. Si je te servais un peu d'orangeade, tout de même?

– Si tu y tiens...

Il était assis, son long buste en avant, les coudes aux genoux, ses doigts enfoncés dans des cheveux ternes et trop longs. Comme sa mère avait déjà passé le seuil du salon, soudain, il la rappela:

– A propos, maman... Le fils Lagave est chez sa grand-mère?

Elle demeura immobile, une main sur le loquet:

– Pourquoi me demandes-tu ça?

– Parce que si c'est lui que j'ai levé comme un lièvre, au bas de la terrasse, et que j'ai vu filer dans le jardin, entraînant une fille, je lui dirai deux mots, à ce saligaud-là, et pas plus tard que demain matin. Qu'il reste chez sa grand-mère, pour se livrer à ses débauches.

Pierre croyait ne pas douter que Mme Gornac dût partager son indignation. Pourtant, il fut plus furieux qu'étonné lorsqu'elle répondit:

– Toi, Pierre, tu crois d'abord au mal... Tu vois tout de suite le mal. Ne jugeons pas et nous ne serons pas jugés.

– Mais voyons, maman: il s'agit d'une petite fripouille; tu le sais aussi bien que moi... Ou, plutôt, non: tu ne sais pas ce que je sais.

– Que sais-tu?

– A Paris, j'ai beau, Dieu merci, vivre dans un milieu qui n'a guère de communications avec celui où évolue ce joli monsieur, il y a tout de même des scandales qui viennent jusqu'à nous... Il est célèbre, notre voisin! Un jour, j'ai entendu un de mes camarades dire en parlant d'un autre garçon: «Enfin, c'est une espèce de Bob Lagave.» Mais non, pauvre maman, une sainte femme comme toi ne peut pas comprendre ce que cela signifiait.

Élisabeth s'étonnait elle-même de l'irritation qui montait du plus profond de son être devant ce fils ricanant, important, et qui faisait craquer ses doigts. Il traînait les pieds comme Prudent Gornac.

– Qui te dit que ce petit n'est pas calomnié? Il n'a pas l'air si méchant. Avec sa figure, il doit faire beaucoup de malheureuses; et j'imagine que dans ces milieux de Paris, les femmes déçues n'ont pas deux manières de se venger.

– Non! mais c'est inouï!

– Qu'est-ce qui est inouï? Je t'en prie, Pierre, ne fais pas craquer tes doigts comme ça, c'est agaçant.

– Dire qu'il faut que je vienne à Viridis pour entendre ma mère faire le panégyrique de..., de...

Il balbutiait, ne trouvait pas de mot qui exprimât son dégoût, son mépris. Il allait, bousculant les fauteuils, le dos arrondi, enflant la voix et retrouvant à son insu, dans le ton, dans le geste, ses manières d'orateur pour conférences publiques et contradictoires. L'excès même de l'agacement qu'en éprouvait Élisabeth soudain lui rappela ses résolutions et, qu'elle avait décidé de ne plus se dresser contre Pierre. Hélas! avant même qu'elle ait eu le temps de se reprendre, il avait déchaîné en elle, dès les premiers mots, ses forces hostiles. Elle lui saisit les mains:

– Mon petit Pierre, à quoi tout cela rime-t-il? Tu sais bien que nous avons les mêmes idées, la même foi...

Mais il se dégagea:

– Non, non! Tu ressembles à toutes les femmes; oui, toi, Mme Prudent Gornac, présidente des Mères Chrétiennes: tu n'as qu'indulgence pour un débauché... Un garçon qui fait la noce, vous lui trouvez une espèce de charme...

– Pierre, je t'en prie!

– Pourtant, tu te crois religieuse; tu prétends savoir ce qu'est le péché... Eh bien! non: tu ne le sais pas... Tu ne te dis pas qu'un garçon dont l'unique souci en ce monde est de séduire d'autres êtres, de les souiller, de les perdre, est un assassin, – pire même qu'un assassin!

Il ricanait, tendait les poings en avant, avait l'air d'arpenter une estrade. Sans doute voyait-il en esprit, entre les charmilles et les vignes, fuir, sous la lune, un enfant rapace et sa proie consentante. Et c'était sur sa terre à lui, dans l'herbe où lui-même s'étendrait demain, qu'avaient dû s'abattre leurs deux corps complices, indifférents à ce ciel, à ces astres témoins d'une gloire et d'une puissance infinies.

– Écoute, mon enfant..., tu as raison. Mais, je t'en conjure, calme-toi: tu es à faire peur...

– C'est entendu: dis tout de suite que je suis un fanatique, un énergumène. Conseille-moi, comme tu fais toujours, de prendre du valérianate* ou un cachet d'aspirine dans du tilleul bien chaud, et d'essayer de dormir. Ah! je te connais: tu ne t'es jamais préoccupée que de mon corps; tu ne penses qu'à la santé physique; ta religion même fait partie de ton confort, de ton hygiène.

– Elisabeth avait choisi le parti de la douceur; rien, maintenant, ne l'en eût fait démordre:

– Voyons, Pierre, regarde-moi; je veux que tu me regardes.

Elle lui prit la tête dans ses mains; et soudain, sur cette figure jaune et creuse, rasée de la veille, noircie de barbe, souillée de sueur et de charbon, deux larmes jaillirent, – des larmes qui ressemblaient à celles de l'enfance: grâce à son extrême pureté, Pierre touchait à l'enfance, il en était encore baigné. Et soudain, il parut avoir son âge: vingt-deux ans à peine.

Sa mère lui appuyait la tête de force contre son épaule et disait:

– Qu'est-ce donc que ce gros chagrin?

Et il s'abandonnait, il reconnaissait l'odeur de sa mère, l'odeur de laine du châle que mouillaient autrefois ses larmes d'enfant. Mais il s'aperçut qu'elle lui caressait les cheveux distraitement, qu'elle pensait à autre chose, – attentive à il ne savait quoi. Pas un instant, depuis qu'il était là, Élisabeth n'avait cessé de guetter un bruit de pas dans la nuit. Elle avait cru entendre le gravier craquer; puis, plus rien. Elle imagina que Paule et Bob, surpris par le retour de Pierre, demeuraient aux écoutes, attendant, pour franchir le seuil du vestibule, qu'il fût monté dans sa chambre. Mais rien n'indiquait qu'il y songeât. Il s'essuyait la figure avec un mouchoir sale et, de nouveau, allait et venait en reniflant. Élisabeth le suivait de l'œil: quand se déciderait-il à dormir? Mais elle se retenait de rien dire, ne comptait plus que sur son mutisme pour le décourager et l'incliner au sommeil. Enfin, n'y tenant plus, elle feignit de retenir un bâillement, regarda sa montre, joua la surprise:

– Onze heures bientôt! Les bougeoirs sont sur le billard; tu ne montes pas?

– Non, je demeure encore un peu; je me sens trop énervé; je ne dormirais pas...

Il ne restait plus à Élisabeth qu'à se lancer dans l'histoire de la panne. Que n'avait-elle commencé par là! Pierre ne comprendrait pas qu'elle eût attendu si tard pour le mettre au courant. Elle balbutia:

– Mais, au fait, je ne peux pas non plus monter encore. Où avais-je la tête? Nous avons eu ici une aventure; j'ai oublié de te dire...

Pierre ne l'écoutait pas, à demi tourné vers la porte. Il dit:

– C'est étrange, on marche dans l'allée... A cette heure-ci? Mais oui! j'entends des rires... Ce serait tout de même trop fort...

Déjà il traversait le vestibule, lorsque la porte en fut ouverte. Élisabeth, le cœur battant, ne pouvait plus proférer un mot. Elle entendit Pierre crier:

– Qui est là?

Puis, la voix de Paule:

– Vous ne me reconnaissez pas? Mme Gornac ne vous a pas averti?

Elle rentra dans le salon, suivie du garçon. Il interrogea du regard sa mère, qui affectait de rire:

– Voilà ce que c'est que de me quereller avant même que j'aie pu ouvrir la bouche pour te raconter la chronique de Viridis. Tu t'imagines qu'il n'arrive rien, ici? Nous avons eu un accident d'auto, devant notre porte, mon cher... Heureux accident! Il m'a permis de connaître cette jeune cousine dont tu m'avais déjà chanté les louanges...

Elle parlait trop, sans aucun naturel, avec une sorte d'enjouement que Pierre ne lui connaissait pas; et elle-même s'apercevait qu'elle tenait un rôle. Avait-elle jamais eu cette voix depuis le couvent où, pour la fête de la Supérieure, elle avait joué la comédie?

– Quel accident d'auto?

Le regard de Pierre allait de la jeune fille silencieuse, un peu en retrait, et dont il ne voyait pas le visage, à sa mère rouge et volubile. Mlle de la Sesque avait jeté sur ses épaules un manteau de voyage beige, à larges carreaux; la lampe éclairait vivement la robe de toile blanche, froissée et tachée de verdure. Pierre sentait sur lui, avec honte et douleur, ce regard d'une femme: il prenait conscience, à la fois, de ses cheveux en désordre, de ses poignets, de son complet dans lequel, tout le jour, il avait eu si chaud. Lorsqu'une femme le dévisageait, il se connaissait d'un seul coup tout entier: ses vêtements et son corps; il souffrait, il eût voulu disparaître.

– Voilà exactement ce qui s'est passé: l'auto de Mlle de la Sesque...

Pierre ne prête aucune attention aux paroles de sa mère. Il s'est approché de la jeune fille, regarde cette robe blanche qu'a salie l'herbe écrasée... Une robe blanche fuyait tout à l'heure, sous la lune, entre les charmilles et la vigne... Parbleu!... Il ose, maintenant, lever les yeux, et ricane comme un garçon qui n'est pas dupe. Sans doute s'en aperçoit-elle, car elle coupe la parole à Élisabeth:

– Pardonnez-moi, Madame, mais vous ne savez pas

mentir..., l'habitude vous manque! Ne croyez-vous pas que votre fils soit d'âge à comprendre..., à excuser... Eh bien! oui; il y a quelqu'un, à Viridis, que j'avais besoin de voir; votre mère a bien voulu nous ouvrir son jardin... Oh! mais, Monsieur, ajouta-t-elle avec un effroi comique, ne faites pas cette figure! Je vous jure qu'il s'agit du rendez-vous le plus innocent...

Pierre l'interrompit de son rire nerveux, spasmodique:

— Permettez-moi d'émettre un doute: innocent? Un rendez-vous innocent avec un personnage comme notre honorable voisin? Excusez-moi; mais parler d'innocence quand il s'agit de...

— Ah! non, Monsieur, n'allez pas plus loin...

Elle prit dans la poche de son manteau un étui d'écaille, en tira une cigarette, l'alluma à la lampe, qui, un bref instant, éclaira ce visage brun, charmant de jeunesse et de louche fatigue. Elle ajouta d'une voix fausse:

— Je vous arrête au bord de la gaffe: nous sommes fiancés.

— Vous? vous, fiancée au petit Lagave? vous?

Dans l'angle le plus sombre où était le canapé, la voix de Mme Gornac alors s'éleva:

— Crois-tu que s'ils n'avaient pas été fiancés, j'aurais consenti...

Mais Pierre, sans entendre sa mère, répétait:

— Vous, fiancée à Bob Lagave? Quelle plaisanterie! Vous vous moquez de moi...

— Ah! les voilà bien, ces démocrates! s'écria la jeune fille. Quand je me rappelle tout ce que vous m'avez raconté, l'an dernier, à ce pique-nique, – vos histoires d'Universités Populaires, d'union des classes..., enfin tous ces boniments! Et vous êtes le premier à crier au scandale parce qu'une jeune fille songe à épouser un garçon qui n'est pas de son monde... Farceur!

Sa cigarette la faisait tousser; elle riait, elle toisait Pierre d'un air de moquerie qui le rendit furieux:

— Vous feignez de ne pas me comprendre. Ce n'est pas parce qu'il est le petit-fils d'une paysanne que Robert Lagave me paraît indigne de vous. J'aimerais mieux vous voir épouser le garçon boucher de Viridis; oui, j'aimerais mieux...

– Voyons, Pierre, tu es fou?

Élisabeth, sortie de l'ombre, avait saisi son bras mais il lui échappa:

– Non, je ne suis pas fou. Je répète que n'importe quel garçon du peuple est plus digne de vous épouser que...

– Que vous a-t-il donc fait, le petit Lagave? Sans doute, ce n'est pas une sainte nitouche... Il a eu des aventures... Et puis, après? Tant mieux pour lui. Parlons même de débauche, si vous voulez: ce n'est pas cela qui m'embarrasse.

– Oh! je m'en doute. Vous -êtes bien toutes les mêmes.

Pierre, hors de lui, gesticulait. Sa mère lui ayant dit de parler plus bas, qu'il finirait par réveiller son grand-père, il contint sa voix et n'en parut que plus furieux:

– Oui, je le disais tout à l'heure à maman: vous aimez mieux les crapules que ceux qui se gardent, qui ont un idéal, une foi. A vous en croire, il n'y a que la débauche pour intéresser les jeunes gens. Vous ne connaissez pas cette admirable jeunesse que de grandes causes passionnent. Ceux-là sont capables de délicatesse, de fidélité, de scrupule. Ils ont le respect, le culte de la femme; ils ne la salissent pas...

– Quel orateur vous êtes, Monsieur!

Il s'arrêta net, passa une main sur son front:

– Vous me trouvez ridicule, n'est-ce pas?

– Mais non, mais non: il y a du vrai dans ce que vous dites. Oui, ajouta-t-elle, d'un air réfléchi, il se peut que les femmes les plus honnêtes ne tiennent guère à la vertu dans l'homme; peut-être se forcent-elles pour lui savoir gré de son respect. Au fond, nous souhaitons d'être désirées, épiées, pour-chassées. Nous sommes nées gibier; nous sommes des proies...* Ne tournez pas comme cela, prenez un fauteuil; et causons en amis, voulez-vous?

Pierre obéit. Mais, même assis, il remuait, faisait trembler le guéridon en agitant la cuisse; il se frottait les mains, et ses doigts craquaient. Comme pour l'apprivoiser, Paule lui tendit son étui à cigarettes, mais il refusa.

– Quoi! pas même le tabac? Vous pensez déjà à votre canonisation... Je plaisante. Quittez cet air furibond et écoutez-moi. Je ne me fais aucune illusion sur Bob, Monsieur, je le connais. Il vit dans un mauvais milieu; c'est un pauvre enfant, victime de son visage, de son regard... Je parlais de gibier. Pauvre petit! c'est lui qui en est un: je le sais, moi qu'il aime comme son refuge unique et comme son repos; il me l'a souvent dit... Souvent, il veut que je lui parle des jours futurs, alors qu'il ne sera plus si charmant ni si jeune, et que, pourtant, il trouvera en moi le même calme amour... Pourquoi ricanez-vous?

Pierre Gornac, de nouveau, s'était levé, étouffant d'indignation:

– Et moi, je vous répète que vous ne le connaissez pas... Il y a débauche et débauche. Je vous répète que vous ne le connaissez pas, – que vous ne pouvez pas le connaître parce qu'aussi libre que vous soyez, tout de même, vous êtes une jeune fille.

Il répétait ces mots: «Une jeune fille», avec un accent d'adoration. Mais Paule ne s'en aperçut pas ou ne lui en sut aucun gré. Elle était debout, elle aussi, appuyée des deux mains sur le guéridon, le buste incliné; son visage en pleine lumière parut si douloureux, que Pierre se tut, d'un seul coup dégrisé.

– Cette fois, dit-elle, vous parlerez.

Il n'osait plus la regarder en face, s'éloigna de la lampe, vers la fenêtre:

– Après tout, vous êtes avertie, cela ne me concerne plus.

Et il feignit de se pencher dans l'ombre.

– Comme la nuit sent bon! dit-il.

Mais Paule insista:

– Vous en avez trop dit, ou pas assez: vous irez jusqu'au bout, je l'exige.

Il secoua la tête; et sa mère voulut le secourir:

– Minuit déjà! Allons dormir, mes enfants. Demain matin, nous aurons oublié toutes ces paroles...

– Non, Madame, je ne saurais plus vivre avec le souvenir

de ces insinuations. Allez-y carrément, Monsieur: je vous
écoute.

    – Et moi, je t'ordonne, Pierre, de ne pas ajouter un mot.

    – Je vous jure, Madame, que je ne quitterai pas la pièce
avant qu'il ait tout dit. Cette fois-ci, je veux savoir: et je
saurai.

Oui, depuis longtemps déjà, elle voulait savoir. D'autres
garçons que Bob passaient pour de mauvais sujets; mais elle
avait maintes fois surpris, à propos de lui seul, des sourires,
des réticences, comme si,entre tous les débauchés de son
âge, il eût occupé une place éminente et singulière. Ces
signes, pourtant, n'eussent pas suffi à la tourmenter: rien de
ce qu'elle ne recevait pas directement de Bob ne pouvait
l'atteindre au plus profond, tant elle était assurée que l'enfant
qu'elle chérissait ressemblait peu au personnage qu'il jouait
chez des Américaines, dans les bars, au dancing. Mais elle se
souvient du jour et de l'heure où, pour la première fois, une
inquiétude lui était venue: au début du dernier printemps, à
Versailles. Il conduisait l'auto, à petite allure, le long du
Grand-Canal. Elle regardait sur le volant les mains nues de
Bob, ses mains puissantes, ses mains douces.* Elle en avait
saisi une et la tenait comme son bonheur; et, attendrie
soudain, elle n'avait pu résister à l'envie d'y poser sa bouche.
Mais comme si ses lèvres eussent été de feu, Bob avait si
violemment retiré cette main, que l'auto dérapa. Il grondait:

    – Non! non! vous êtes folle!

    Elle ne comprenait pas qu'un si simple geste eût pu lui
déplaire, ni pourquoi il répétait:

    – Vous, Paule, vous, embrasser ma main! Je ne suis pas
digne…

    Elle avait été touchée d'abord par tant d'humilité, –
heureuse de se sentir plus qu'aimée: vénérée. Aussi, lorsque,
ayant laissé l'auto, ils eurent atteint la terrasse du Grand-
Trianon, et comme Bob demeurait taciturne, elle lui avait
ressaisi par surprise les deux mains:

    – Je les tiens toutes les deux, cette fois-ci; et de gré ou de
force…

De nouveau, il s'était dégagé avec un air de douleur:

– Je vous en supplie, mon amour... Vous ne savez pas comme vous me faites souffrir...

Et il avait coupé court aux protestations de la jeune fille par cette parole que souvent, depuis ce jour, elle s'était rappelée:

– Vous ne me connaissez pas, Paule, vous ne savez pas qui je suis.*

Plus tard, chaque fois qu'elle voulut encore lui baiser la main, elle provoqua chez lui le même retrait, le même sursaut d'humilité et de honte. Elle y pensait souvent quand elle était seule. Aussi, ce soir, ne laissera-t-elle pas fuir Pierre Gornac, ce garçon misérable, avant qu'il ait craché tout son fiel. D'affreux ragots, elle n'en doute pas. Comment son petit ne serait-il pas haï par ceux qui ne sont pas aimés, qui ne seront jamais aimés? Oui, d'affreux ragots; mais elle veut en avoir le cœur net. Ce ne lui est qu'un jeu de jeter Pierre hors des gonds. Elle lui répète que c'est facile d'insinuer, qu'elle lui mettra de force le nez dans ses mensonges.

– Mes mensonges? Mes mensonges? Eh bien! écoutez. Mais je vous avertis, que vous allez souffrir, que vous m'en voudrez.

Et, comme elle secouait la tête:

– C'est vous qui l'aurez exigé, insista-t-il.

Elle protesta de nouveau qu'elle lui ordonnait de parler. Que de fois, plus tard, et l'irréparable accompli, Pierre devait-il se souvenir de cette minute, pour se rassurer, pour se disculper!

– Moi, j'aurais mieux aimé me taire: elle n'a pas voulu...

VII

– Je ne peux parler devant toi, maman. Voulez-vous, Mademoiselle, que nous allions jusqu'à la terrasse? La nuit est tiède.

– Couvrez-vous, mon enfant, ajouta Mme Gornac.

Et elle aida Paule à passer son manteau; mais comme Pierre était déjà dans le vestibule, elle attira soudain la jeune fille:

– Demeurez ici... Que vous importe ce que disent les gens? Je le connais, votre Bob, depuis son enfance: un bon petit..., un pauvre petit...

Paule répéta:

– Un pauvre petit...

Elle hésitait. Dans ce salon où avaient retenti leurs voix furieuses, elle n'entendait plus que la prairie murmurante. Un chien aboyait. Elle regarda au delà de la route, entre les arbres, la façade blanche de la maison Lagave, qu'éclairait la lune déclinante. Paule vit en pensée, bien qu'elle n'en eût jamais franchi le seuil, la chambre de Bob, cette alcôve dont il lui avait souvent parlé; le lit-bateau où il dormait au temps de ses vacances d'écolier; le pyjama trop clair qui irritait Maria Lagave. Elle savait que Bob avait, dans le sommeil, les mains en croix, sur sa poitrine.* Elle vit ces mains, et, à la droite, cet anneau qu'elle lui avait donné, ce camée sombre, couleur de vieux sang; les longs doigts de fumeur, un peu

fauves, un peu roussis, – mains qu'elle aimait tant, qu'elle n'avait pas le droit de baiser. Ce fut alors que Pierre, ayant ouvert la porte du vestibule, l'appela, et qu'elle lui répondit d'un mot qui fixait son destin:
– Me voici.

Assise loin de la lampe, sur le canapé, Élisabeth demeura attentive à leurs pas décroissants, qui ne cessèrent à aucun moment d'être perceptibles. Parfois, un éclat de voix, une exclamation; c'était heureux que le vieux Gornac fût dur d'oreille et que sa chambre donnât au nord. Comme ce pauvre Pierre avait le verbe haut! On n'entendait que lui. Élisabeth se rappela le silence de l'après-midi, que n'avait pas troublé d'un seul soupir le couple de ceux qui s'aimaient. Ceux qui ne s'aimaient pas ne se faisaient guère scrupule de troubler la nuit, parlaient ensemble, s'interrompaient. Pourtant, les adversaires devaient reprendre haleine: alors, Élisabeth n'entendait plus que la prairie sous le ciel d'avant l'aube. Bien qu'elle ne fût pas accoutumée à veiller, elle n'éprouvait aucun désir de sommeil: impossible d'occuper son esprit d'un autre objet que ce couple bruyant dans l'ombre; elle attendait son retour, détournait sa pensée de Pierre, comme si elle avait eu peur de le haïr. De quoi se mêlait-il? Qui lui avait permis d'intervenir? Que pouvait-il comprendre à l'amour? L'amour ne le concernait pas; il n'y connaissait rien, issu d'une race étrangère à la passion. Mais Pierre avait toujours prétendu faire la leçon aux autres; c'était son plaisir; il faut bien qu'un garçon de cette espèce goûte aussi quelque plaisir. Élisabeth devenait sarcastique; elle riait toute seule. Pourtant, elle souffrait, se reprochait de n'avoir pu empêcher Pierre de parler. C'était à elle de défendre le garçon endormi, là-bas, de l'autre côté de la route. Il dormait, et elle n'était pas obligée, comme Paule, d'imaginer, sans l'avoir jamais vue, la chambre où reposait ce corps étendu: elle était entrée maintes fois dans cette chambre (en l'absence de Bob, l'hiver, Maria Lagave s'y tenait volontiers, parce que les fenêtres ouvraient au midi).

Élisabeth se souvenait de s'être assise sur ce lit. Elle pensait à ce lit, l'œil perdu. Et, soudain, faiblit la lampe épuisée; une odeur infecte emplit le salon; Élisabeth l'éteignit après avoir allumé les bougies des candélabres; elle frissonna dans cette lueur funèbre, ferma la fenêtre.

Les pas des deux jeunes gens se rapprochaient; ils ne parlaient plus, mais ce bruit de pas sur le gravier emplissait la nuit. Peut-être avait-il éveillé les Galbert. Ceux qui ne s'aiment pas ne songent guère à se cacher. Ils rentrèrent. Le garçon dit de sa voix accoutumée:

– On n'y voit goutte, ici... Il n'y avait plus de pétrole?

Élisabeth vit d'abord que Paule avait pleuré. La fatigue d'un jour passionné, les impressions de ce soir, l'épuisement d'une veillée interminable, tout avait laissé sa marque sur cette figure soudain vieillie, presque laide. Pierre de nouveau parlait, prétentieux, volubile. Il disait qu'en ces sortes d'affaires, on n'avait jamais de preuves assurées. Sans doute l'unanime opinion peut être considérée comme une preuve suffisante; mais, enfin, mieux vaut se livrer à une enquête personnelle; bien que cela ne lui parût guère vraisemblable, il ne demandait pas mieux que d'avoir été induit en erreur...

– Pour Dieu, Monsieur, ne me suivez pas ainsi, je vous en conjure; et cessez un instant de parler: vous m'assourdissez.

Ces mots le clouèrent sur place, tandis que Paule continuait d'aller et venir à travers le salon à peine éclairé; elle ramenait des deux mains, autour de son corps, le manteau de voyage. Mme Gornac alla dans le vestibule, en revint avec un bougeoir, qu'elle tendit à son fils:

– Tu as assez abattu de besogne, ce soir. Va te coucher... Va!

Pierre prit le bougeoir; mais, immobile, il suivait des yeux ce petit être grelottant et qui se cognait aux fauteuils.

– J'ai cru bien faire, je suis sûr d'avoir bien fait. Vous me remercierez plus tard; c'était mon devoir...

– Oui, oui, tu as fait ton devoir. Tu fais toujours ton devoir. Tu peux aller dormir, maintenant.

– D'ailleurs, c'est vous, Mademoiselle, qui avez exigé...

Paule, sans le regarder, s'approcha d'Élisabeth et, suppliante:

– Dites-lui qu'il s'en aille…, qu'il s'en aille.

Il sortit; ses pas résonnèrent dans l'escalier de bois. Une porte claqua au premier étage. Élisabeth attendit que la maison fût de nouveau rendue au silence. Alors, elle s'approcha de Paule, l'entraîna vers le canapé et, soudain, reçut contre son corps, ce corps secoué de sanglots. Elle ne l'interrogeait pas, caressait seulement de la main une nuque rasée, attentive à ne pas interrompre les paroles confuses de la jeune fille:

– Je sais bien, moi, comment Bob gagne sa vie. J'ai visité des intérieurs qu'il a arrangés; ça se paie très cher, maintenant. On peut toujours dire que c'est par complaisance. Bien sûr, ce sont des amis riches qui le font travailler. C'est encore heureux qu'il connaisse des femmes et des hommes très riches… Dans son métier, on ne peut traiter d'affaires qu'avec les gens accoutumés au plus grand luxe…

Elle parlait, comme elle eût chanté toute seule, la nuit, dans un bois. Et soudain:

– C'est horrible ce que votre fils a répéte. Il a dit que c'était de notoriété publique… Il a dit…

De nouveau, elle sanglotait, incapable d'aucune parole. Élisabeth la tenait toujours serrée contre elle, lui essuyait la face avec son mouchoir.

– Ma petite fille, je ne veux plus rien entendre, ne me rapportez plus un seul propos de ce pauvre Pierre. Regardez-moi dans les yeux: cela n'a aucune importance. Ne secouez pas la tête, je vous en fais serment: aucune importance. Mon Dieu, ce sont des choses auxquelles je n'avais jamais pensé; alors, elles demeurent vagues dans mon esprit. Il faudrait que j'eusse le temps d'y réfléchir… Comment vous faire comprendre?… Écoutez: quelle que soit la vie d'un garçon comme Bob, vous le connaissez, lui, n'est-ce pas? Vous l'aimez comme il est, tel qu'il est. Pourquoi isoler tel défaut, telle tendance mauvaise? Oh! je souffre de ne pas savoir vous persuader de ce que je sens profondément. Voyez:

je le défends comme s'il était mon fils... Peut-être suis-je trop indulgente? Mais il me semble, j'imagine, que nous ne devons rien renier de l'être qui nous a pris le cœur. Si Bob n'était pas un pauvre enfant trop mal défendu, il ne serait pas celui que vous chérissez...

– Alors, Madame, vous aussi, vous croyez, vous admettez, dans sa vie, des fautes...

– Je ne crois rien; je n'admets rien... Mais en quoi cela vous intéresse-t-il, ma petite?

Paule la regarda avec étonnement.

– Que dirait votre fils, s'il vous entendait! Pouvons-nous mépriser celui que nous aimons? Épouse-t-on un homme qu'on n'estime pas?

Elle posa cette question, d'un ton convenu et presque officiel, qui laissa Elisabeth déconcertée:

– Mais, du moment que vous aimez! protesta-t-elle, d'un air un peu égaré. Aimer, cela dit tout, et renferme tout le reste, du moins je l'imagine. Estimer l'être qu'on aime... Je ne saurais expliquer pourquoi je trouve ce propos dénué de signification; il faudrait que j'y réfléchisse: du moment qu'on aime...

Elle répétait: «Du moment qu'on aime...» avec un vague sourire qui éclairait sa figure épaisse et molle d'une lumière que, jusqu'à ce jour, il n'avait été donné à personne d'y reconnaître. Mais Paule ne prêtait plus guère d'attention aux propos d'Élisabeth ni à son visage. Assise à l'autre extrémité du canapé, les coudes aux genoux, elle paraissait réfléchir profondément.

– Voilà ce que je vais faire, dit-elle enfin. Je vais partir dès qu'il fera jour, sans revoir Bob...

– Sans le revoir?

– Oh! pas pour longtemps: il suffit que je pose quelques questions, que j'écrive quelques lettres: il y a deux ou trois points que je veux tirer au clair. Alors, j'oserai le regarder en face.

– Ma petite, vous n'allez pas lui faire cette peine?

– Croyez-vous que je ne vais pas souffrir aussi? Mais je veux connaître l'homme que j'épouse.

– Vous le connaissez, puisque vous l'aimez. Que signifient nos actes? Tenez, je me souviens... Nous avons eu ici, autrefois, un curé jeune encore, très distingué, très instruit, mais surtout d'une bonté, d'une délicatesse! Il prêchait avec un accent qui touchait d'abord le cœur; sa charité semblait inépuisable; il se donnait aux œuvres de jeunesse: les jeunes gens l'adoraient. Un jour, nous eûmes la stupéfaction d'apprendre qu'il avait fallu le faire en hâte disparaître: une assez scabreuse histoire... Tout Viridis répétait (et moi plus haut que les autres): «Quel hypocrite! Qu'il cachait bien son jeu! Comme il faisait semblant d'être charitable! Avec quelle adresse il a su nous tromper tous!» Eh bien! j'y ai souvent réfléchi, depuis; et, surtout, je ne sais trop pourquoi, ces jours derniers, j'y songeais encore; et je 'me disais que ce pauvre prêtre ne nous avait nullement trompés; qu'il était, en réalité, tel que nous l'avions vu: bon, miséricordieux, désintéressé. Seulement, il avait été capable *aussi* d'une action mauvaise...

Paule l'interrompit sèchement:

– Je ne vois pas le rapport...

Élisabeth passa sa main sur son front:

– Pardonnez-moi: je ne vois pas, en effet, pourquoi je vous raconte cela... C'était au cas où vous découvririez dans la vie de votre fiancé...

– Mon fiancé? Oh! Madame, pas encore.

Élisabeth ne sut plus que dire, sentit soudain la fatigue, le désir de dormir, un abattement sans nom. Elle se leva pour donner à Paule du papier à lettres, puis s'affala sur le canapé, tandis que la jeune fille écrivait, à la lueur des candélabres, debout contre la cheminée.

– Vous lui dites, n'est-ce pas, mon enfant, que vous allez revenir?

– Sans doute, Madame.

– Vous fixez une date? L'incertitude lui ferait tant de mal, et il est bien faible encore.

Paule, hésitante, mordillait le porte-plume:

– Croyez-vous que trois semaines...

– Trois semaines? Vous êtes folle! Quinze jours, tout au plus...

Élisabeth éprouvait d'avance, dans son cœur, dans sa chair, l'angoisse future de l'enfant qui dormait, à cette heure, de l'autre côté de la route, la tête sur son bras replié. Elle souffrait à cause de lui, comme aurait pu souffrir sa mère. Elle s'exaltait à la pensée de tenter l'impossible pour qu'il ne perdît pas Paule. Ce désintéressement, dont elle avait conscience, la rassurait. Elle jouissait obscurément de ne pas se sentir jalouse.

– Voilà qui est fait; vous lui remettrez ce mot... Oh! pardonnez-moi, Madame: je n'aurais pas dû fermer l'enveloppe;* c'est par étourderie. Et maintenant, je vais essayer de me reposer un peu en attendant le jour... Non: inutile de me réveiller: je suis tellement sûre de ne pas dormir! D'ailleurs, l'aube n'est pas loin.

– Il faudra que vous déjeuniez avant de partir... Vous ne pouvez partir sans boire quelque chose de chaud...

Paule assura que c'était inutile, qu'elle s'arrêterait à Langon. Mme Gornac prit les bougeoirs, précéda la jeune fille jusqu'à sa chambre et, sans plus rien dire, la baisa au front. Rentrée chez elle, comme chaque soir avant de s'endormir, cette pieuse femme se mit à genoux, la tête dans ses draps:

– *Venez, Esprit-Saint, remplissez les cœurs de vos fidèles serviteurs et allumez en eux le feu de votre divin amour. Prosternée devant vous, ô mon Dieu! je vous rends grâce de ce que vous m'avez donné un cœur capable de vous connaître et de vous aimer, de ce que vous m'avez nourrie et conservée depuis que je suis au monde...* Elle dit qu'elle l'aime et elle s'en va sans le revoir. Elle sait qu'elle est aimée, elle a ce bonheur, ce bonheur, et elle s'en va parce que ce petit a été trop choyé par d'autres, s'est laissé gâter; et cette petite idiote croit l'aimer... Pardon, mon Dieu, de ne pas penser à Vous seul. *Examinons notre conscience et, après l'avoir adoré, demandons à Dieu...* Ne pourrais-je, avant le départ de Paule, avertir Bob? Si elle le voit, il la reprendra. Si je pouvais empêcher ce départ, avant qu'il l'ait rejointe! Elle cédera dès qu'elle l'aura revu. Il faut y réfléchir; mais finissons d'abord notre prière. *Mon Dieu! je me repens de tout mon cœur des péchés que j'ai commis contre votre adorable majesté, je vous en demande très humblement pardon...* Elle partira à la première heure. Il faudrait que dès le petit jour, je trouve un prétexte pour pénétrer chez Maria Lagave. Quel prétexte? Elle se fait déjà des idées, j'en suis certaine, cette vieille chèvre... *Dans l'incertitude où je suis si la mort ne me surprendra pas cette nuit, je vous recommande mon âme, ô mon Dieu! Ne la jugez pas dans votre colère...* Quelle raison pourrais-je avoir de frapper à la porte des Lagave, dès cinq heures du matin?... *Mais pardonnez-moi tous mes péchés passés; je les déteste tous; je vous proteste que jusqu'au dernier soupir, je veux vous être fidèle et que je ne désire vivre que pour vous, mon Seigneur et mon Dieu...* C'est ignoble d'avoir de telles pensées durant ma prière. Je suis punie d'avoir été si complaisante. Dès qu'on met le petit doigt dans l'engrenage... Après tout, qu'ils se débrouillent. Où en suis-je? *Saints et saintes qui jouissez de Dieu dans le Ciel...* Non, j'en passe... *Mon bon ange qui m'avez eté donné de Dieu pour me garder et me conserver...** D'ailleurs, aucune raison à fournir à Maria Lagave. Enfin, si je me réveille assez tôt...

Élisabeth Gornac avait toujours eu la prétention de se réveiller, le matin, à l'heure exacte qu'elle s'était fixée en s'endormant. Si le miracle, cette fois, n'eut pas lieu, ce fut, peut-être, faute de ne l'avoir pas assez désiré. Avant que vînt le sommeil, elle se complut à imaginer Bob, après le départ de Paule, dans le délaissement: avec elle seule, il oubliait sa peine. Elle supposa qu'un jour, il lui dirait: «Les jeunes filles ne savent pas aimer...» Ce serait sur la terrasse, à dix heures. Elle crut voir cette figure, encore un peu pâle, mais non plus contractée par l'angoisse... «Quelle idiote je suis!» dit-elle à mi-voix; et elle se tourna, pesamment, du côté du mur.

VIII

Le jour l'éveilla, un jour si terne, qu'elle crut que c'était l'aube; mais sa montre marquait huit heures. Cette brume pouvait aussi bien présager une chaleur atroce que des pluies orageuses. Quelqu'un marchait dans la cour; ne doutant pas que ce ne fût Bob, elle passa en hâte sa robe de chambre, releva ses cheveux, poudra son visage tuméfié par le sommeil, courut à la fenêtre dont elle poussa les volets. Il était là, en effet, tout de blanc vêtu, la tête levée.

– Enfin! Où est Paule? Elle est allée faire une course à Langon?

– Une seconde, mon enfant; je suis à vous.

Élisabeth s'attarda quelques instants devant sa glace, eut horreur de sa figure, prit sur la cheminée la lettre de Paule et descendit au jardin.

– Ne vous inquiétez pas, mon petit: elle a dû repartir. Mais, ajouta-t-elle aussitôt, son absence ne dépassera pas quinze jours... D'ailleurs, elle doit vous l'expliquer dans cette lettre.

Bob déchira l'enveloppe, lut d'un trait, interrogea du regard Élisabeth, puis recommença de lire avec plus d'attention, les sourcils rapprochés; ses lèvres remuaient comme s'il eût épelé chaque mot.

– Pourquoi est-elle partie? Que s'est-il passé? Il y a eu quelque chose... Quoi?

– Mais ne faites donc pas cette figure; elle reviendra; vous savez, les jeunes filles! Elle a voulu réfléchir, se recueillir. Peut-être avez-vous été, hier, un peu trop loin?

– Croyez-vous que ce soit cela? (Il sourit). Oh! alors, je suis bien tranquille! Rien n'est si vite pardonné que les caresses, n'est-ce pas?

Élisabeth sentit qu'elle rougissait. Bob parcourut encore la lettre.

– Non, impossible: je la connais. Non, non: elle a obéi à une raison que j'ignore, qu'elle-même ignorait au moment de l'adieu, cette nuit, là, devant la porte. Je me souviens de sa dernière parole: «Pourquoi ne pouvons-nous attendre ensemble le jour?» J'ai fait une plaisanterie sur l'alouette, vous savez? J'ai fredonné: «Ce n'est pas le jour, ce n'est pas l'alouette...»*

– Élisabeth!

Ils levèrent les yeux, et virent la tête effrayante du vieux Gornac à une fenêtre. Il ne répondit pas au salut de Bob et grogna seulement:

– Vite, ma fille; montez: j'ai ma sciatique.

Il avait sa sciatique. Tout le temps qu'il souffrirait, Élisabeth lui serait asservie: ce n'eût rien été de le soigner, mais il faudrait courir sans cesse pour porter ses ordres et ses contre-ordres aux Galbert. Elle répondit placidement:

– Ça ne m'étonne pas: le temps change; vous êtes un baromètre.

– Pourvu qu'il ne grêle pas!...

– Mais non, père, mais non. Ne restez pas exposé à l'air; je monte.

Le vieux ferma sa fenêtre. Élisabeth dit à Bob:

– J'essaierai de vous revoir après le déjeuner, pendant sa sieste. Ne vous tourmentez pas: Paule reviendra.

Il ne répondit rien, s'eloigna, les yeux à terre, mâchonnant une herbe. Le ciel était bas, livide. Les bœufs passèrent dans un nuage de mouches.

– C'est de l'orage avant ce soir, dit-il au bouvier.

– Un peu d'eau ne fera pas de mal.

Un crapaud énorme traversa l'allée, signe de pluie. Comme Bob atteignait la terrasse, il aperçut Pierre, vêtu d'un complet sombre, le cou engoncé, qui, surpris, leva le nez de son livre et d'abord voulut prendre le large; mais, s'étant ravisé, il fit à Bob un signe de la main, comme à un paysan. Bob n'y pensait plus, à celui-là. C'est vrait qu'il l'avait reconnu, hier soir, dans le clair de lune, et qu'il avait dû fuir, entraînant Paule, vers les vignes... Paule l'avait-elle vu avant de se coucher? Avait-elle causé avec cette espèce de bedeau, avec ce sale Tartufe? Bob demeur a indécis, toujours mâchonnant une herbe.

– Vous voilà de retour au pays?

Pierre répondit d'un signe de tête, et affecta de lire. Mais Bob était décidé à ne pas laisser la place:

– Vous n'avez pas de chance...

– Oh! cela m'est égal qu'il pleuve...

– Je ne parle pas du temps... Je voulais dire que si vous étiez arrivé un jour plus tôt, vous auriez rencontré à Viridis une jeune fille.

Pierre, cette fois, soutint le regard de Bob; il ferma son livre et dit:

– Mlle de la Sesque? Mais je l'ai vue hier soir, ou, plutôt, cette nuit... Nous avons bavardé jusqu'à deux heures, figurez-vous!

Les deux jeunes chiens ennemis s'affrontèrent. Bob dit:

– Je m'en doutais.

– Nous sommes, d'ailleurs, cousins... Elle est intelligente: une des très rares jeunes filles avec lesquelles on puisse causer.

Pierre Gornac, renversé dans son fauteuil, les jambes croisées, rennait un pied en mesure. Bob insista:

– Alors, vous avez parlé, jusqu'à deux heures, de sujets graves?

– Mais, dites donc, vous êtes trop curieux...

– C'est moi, peut-être, qui me mêle de vos affaires? Ne serait-ce pas vous, par hasard?... Allons, osez me regarder en face; vous regardez toujours de biais.

Pierre se leva d'un bond, qui renversa son fauteuil. Tous deux parlaient à la fois:

– Si vous croyez que les injures d'un garçon de votre espèce...

– Je ne suis pas de ces tartufes qui vont salir les gens...

– Est-ce que vous êtes quelqu'un qu'on puisse salir?

– Osez dire que vous ne m'avez pas desservi auprès de Mlle de la Sesque.

Elle m'a posé des questions, j'ai répondu.

De quel droit? Me connaissez-vous? Que connaissez-vous de ma vie?

Ce que tout le monde en voit...

Pierre se sentait le plus fort: dans cette partie, il ne risquait rien qui lui tînt à cœur. Et il voyait l'adversaire blêmir, le coin de ses lèvres trop rouges secoué d'un tic. Comme ces coups de baguette qui, sur les épaules des anciens forçats, révélaient soudain la fleur de lis infamante,* les provocations de Pierre rendaient visible, sur ce visage trop joli, une honte, une flétrissure.

– D'ailleurs, rassurez-vous: j'ai rapporté à Mlle de la Sesque, sur ses instances, des propos qui courent. Mais j'aurais cru me salir, j'aurais craint de salir l'imagination de cette jeune fille, en lui dévoilant d'autres turpitudes qu'on vous prête, à tort, je l'espère. Les gens qu'elle interrogera seront peut-être moins scrupuleux...

Il pouvait taper dur: que ce petit Lagave réagissait mal! Chaque parole l'atteignait comme un coup de poing: il vacillait. Pierre s'étonnait d'avoir veillé jusqu'au petit jour, pénétré d'angoisse à cause de ce qu'il avait fait, s'interrogeant devant Dieu, inquiet d'avoir obéi à des motifs qui ne fussent pas tous dignes de lui... Il avait frémi, à l'idée de reparaître aux yeux de Paule. Mais non: un seul regard sur cette face livide pouvait le rassurer. Autant qu'il était en son pouvoir, il avait sauvé une jeune fille, il l'avait arrachée à ce petit être immonde. Elle lui en saurait gré un jour; et même, dût-elle le maudire... Pierre ramassa son livre; il n'avait plus rien à faire ici. Pourtant, il hésitait, troublé par ce regard éteint du petit

Lagave, par ce regard perdu, par l'affalement de son corps contre la balustrade. Comme il lui avait fait du mal! «On ne croit pas que ces êtres-là sont capables d'avoir honte. Peut-être suis-je allé trop loin...» Pierre ne savait pas qu'à cette minute sa victime ne l'entendait plus, ne le voyait plus, occupée d'une seule pensée: «C'est fini, elle ne reviendra plus; je l'ai perdue» Il avait oublié la présence de Pierre, au point de ne pas essuyer deux larmes sur ses joues.

Le fils Gornac les vit et en fut touché profondément, bouleversé même – retourné du coup. Il en fallait très peu pour atteindre ce cœur malade, cette âme scrupuleuse. Avait-il su concilier la charité et la justice? Il s'était examiné sur ce point jusqu'à l'aube; et devant les larmes du coupable, voici qu'il s'interrogeait encore. Ses entrailles chrétiennes s'émurent. Un flot de compassion recouvrit en lui tous les autres sentiments, adoucit son regard, emmiella sa voix:

– Ne pleurez pas... Il n'est jamais trop tard pour changer sa vie...

Mais Bob paraissait sourd et fixait obstinément l'horizon morne, un ciel couleur d'ardoise. Le vent d'ouest apportait le bruit des cloches, le grondement des trains qui annoncent à Viridis la pluie. Il regardait cet immense pays muet et vide.

Pierre insista:

– Un grand bonheur, croyez-moi, peut vous venir par la souffrance. Vous n'avez qu'à vouloir: il n'existe pas de crime qui ne puisse être remis. Je n'ai agi que pour votre bonheur futur, mais, je l'avoue, avec une violence injuste, abominable. Je vous en demande pardon: oui, je vous en prie, pardonnez-moi.

– Comme il m'écoute! songeait Pierre; je lui fais peut-être du bien.

Il éprouvait cette sorte de plaisir dont son bon cœur était friand: il faisait du bien; et, en même temps, tout vainqueur qu'il était, en pleine victoire, il s'humiliait, il se reconnaissait des torts, il acquérait des mérites. Mais pourquoi Bob ne parlait-il pas?

– Voulez-vous vous confier à moi? Vous appuyer sur moi?

Il éprouvait soudain une sympathie profonde pour ce jeune être déchu, mais qui, grâce à lui, connaissait maintenant sa déchéance. Le fils Gornac regarde, immobile sur la pierre de la terrasse, la main du petit Lagave, une main trop soignée, qui porte à l'index un camée couleur de sang sombre, – cette main que Paule avait portée à ses lèvres. Pierre en approche doucement la sienne:

– Donnez-moi la main. Non seulement nous ne serons plus comme deux ennemis, mais je vous aiderai..., oui, je vous aiderai à devenir digne...

Le contact de cette paume moite réveille Bob. Il retire vivement le bras et toise Pierre Gornac comme s'il découvrait seulement sa présence:

– Vous, gronde-t-il, vous...

– Ne me regardez pas d'un œil si méchant. Même hier soir, même tout à l'heure, malgré ma dureté, j'ai agi pour votre bien. Laissez-moi vous rappeler que vous avez une âme. Ah! votre pauvre âme! Personne jamais ne vous en a parlé, n'est-ce pas? Et c'est pourquoi il vous sera beaucoup moins demandé qu'à d'autres. Eh bien! moi, j'aime votre âme, parce qu'en dépit de toutes ses souillures, elle est belle, elle est resplendissante. Je ne saurais vous exprimer la compassion que j'éprouve pour votre âme.

Comme il parle bien! il en pleure lui-même, tout pénétré de tendresse, d'espérance. Bob l'écoute; il l'écoute avec les yeux, dirait-on; il le dévore des yeux, s'approche de lui afin de mieux l'entendre sans doute et, soudain, lève le poing.

Pierre Gornac s'effondra d'un coup. Les grillons vibraient autour de son corps immobile. Le sang coulait d'une narine, se caillait dans la moustache clairsemée; la bouche aussi saignait: Pierre devait avoir la lèvre fendue, une dent cassée.

Bob n'avait pas attendu que son ennemi eût rouvert les yeux. Il fila par l'allée, entre les charmilles et les vignes, comme s'il eût suivi à la trace son bonheur fini. Vaguement soulagé, il relisait déjà la lettre de Paule: non, rien n'était perdu; elle reviendrait; les gens se tairaient peut-être: ils ne sont pas toujours méchants. Et puis, elle ne les croirait pas; il n'existait aucune preuve contre lui; on peut toujours nier, on peut toujours crier à la calomnie.

Ce lourd ciel bas était plus accablant que l'azur. Entre deux rangs de vigne, il se tapit comme un lièvre, face à la plaine morte. Des orages étaient épars et grondaient dans cette arène immense. Oui, nier, nier... Mais il n'en avait pas moins vécu sa vie, – cette vie dont tels actes eussent fait reculer Paule de stupeur, d'horreur. Peut-être même ne les eût-elle pas compris.

– Ma vie..., murmura-t-il. Ma vie...

Il n'avait que vingt-trois ans. Entre toutes les actions dont le souvenir l'assaillait, qu'avait-il voulu? Qu'avait-il pré-médité? Bien avant qu'il connût ce qui s'appelle le mal, combien de voix l'avaient de toutes parts appelé, sollicité! Autour de son corps ignorant, quel remous d'appétits, de désirs! Il avait vécu, dès son enfance, cerné par une sourde convoitise. Ah! non, il n'avait pas choisi telle ou telle route; d'autres avaient choisi pour lui, petit Poucet perdu dans la forêt des ogres. Son tendre visage avait été sa condamnation. Il ne faut pas que les anges soient visibles; malheur aux anges perdus parmi les hommes! Mais pourquoi prêtait-il de l'importance à ces gestes? En restait-il aucune trace sur son corps?

– Je vais écrire à Paule: «Je n'ai rien fait et j'ai tout fait; – mais qu'importe! Un amour comme le nôtre recouvre tout: marée qui monte, mais qui ne se retire pas et demeure étale...»

Ainsi songe le petit Lagave, tapi dans les vignes. Arrive-t-il à se convaincre? Nos actes ne laissent-ils en nous aucune trace? Voici quelques mois à peine qu'à ceux qui l'inter-rogeaient sur ses projets de vacances, il répondait:

– Je cherche une amie avec yacht.

Rien ne l'occupe que son plaisir, que le plaisir. De chaque minute, il exige une satisfaction. Pour l'instant, son amour concentre ses appétits épars en une seule et dévorante faim; mais cette faim assouvie, ne retrouverait-il la même exigence de chaque jour, de chaque seconde! Petit animal dressé à manger dans toutes les mains...

De cela, il ne se fait pas à lui-même l'aveu; il ne doute pas un instant que du jour où Paule entrerait dans sa vie, toute la misère n'en soit, du coup, abolie. Mais elle n'entrerait pas dans sa vie. Il le savait, n'ayant jamais cru au bonheur. Vivre sans Paule... Il mesura d'un œil désolé ses jours futurs, aussi déserts que cette plaine livide et endormie sous un ciel de ténèbre, un ciel de fin du monde que des éclairs, à l'horizon, brièvement déchiraient. Il faudrait s'enfoncer dans ce désert, être dévoré par les autres et, à tout instant, se sentir un peu moins jeune. Dès vingt-trois ans, il souffrait déjà, et depuis sa dix-huitième année, de vieillir. Aux anniversaires de sa naissance, parmi les rires de ses amis, et à l'instant des coupes levées, il avait dû ravaler ses larmes. Ceux qui l'aimaient connaissaient bien moins son visage qu'il ne le connaissait lui-même. Le matin, dans son miroir, il épiait des signes imperceptibles encore, mais qui lui étaient familiers: cette petite ride entre les narines et la commissure des lèvres; quelques cheveux blancs arrachés sans cesse et qui reparaissaient toujours. Auprès de Paule seule, il eût consenti à vieillir. Aux yeux de Paule, il sait bien qu'il fût demeuré jusqu'à ses derniers jours un enfant, un pauvre enfant. Mais elle était perdue; il l'avait perdue, à cause de ce misérable... Et, soudain, il éclata de rire au souvenir de ce corps ridicule de pantin cassé dans l'herbe. Pierre avait dû retrouver ses esprits, à cette heure. Que ne l'avait-il tué? Il le haïssait. Il aurait voulu que ce tartufe fût mort.

– L'avoir tué! ce serait trop beau..., prononça-t-il à haute voix.

Selon sa méthode, qui était de ne renoncer à aucune impulsion, il s'abandonna à cette inimitié furibonde.

Autour de lui, des gouttes espacées s'écrasaient lourdement sur les feuilles de vigne, que tachait le sulfate. Il les entendit assez longtemps avant d'en recevoir aucune sur sa figure ni sur ses mains. La première dessina une étoile sur son poignet; elle était tiède et il l'essuya avec ses lèvres. Puis, elles tombèrent plus rapides; quelques grêlons se mêlaient à la pluie, –

assez gros, en vérité; mais il ne s'en émut pas, sachant que la grêle confondue avec la pluie ne cause guère de ravages. Il ne bougeait pas; l'eau coulait tiède entre sa chemise et son cou. Être mort, c'est subir ainsi indifféremment l'eau et le feu, c'est devenir une chose. Les choses ne souffrent pas. Que sa souffrance future le terrifiait! Si, pour l'instant, son mal lui paraissait supportable, n'était-ce pas qu'il avait gardé quelque espoir? Il abrita de son chapeau la lettre de Paule pour la relire. Elle reviendrait, disait-elle, avant quinze jours. Elle demandait quinze jours de recueillement, de réflexion. Elle l'aimait; et quoi qu'on pût lui dire, elle reviendrait parce qu'elle l'aimait. Il prononça, à haute voix, son nom: «Paule!» Et comme la pluie, maintenant, crépitait à l'infini sur les vignes et l'assourdissait, il cria ce nom; c'était une volupté que ce nom retentît, qu'il dominât les bruits de la nature transie et tourmentée.

Et, soudain, il se rappela sa maladie encore proche: son corps était trempé; ah! surtout, ne pas retomber malade, ne pas mourir avant le retour de Paule. Il courut sous la pluie pour ne pas avoir froid et atteignit ainsi, sans avoir repris haleine, la maison Lagave. Contre son habitude, sa grand-mère était sortie; et par ce mauvais temps... Que s'était-il passé d'insolite? Le jeune homme jeta une brassée de sarments dans la cheminée, et ses habits commencèrent de fumer. Alors seulement il remarqua sur la table une feuille où quelques mots étaient griffonnés au crayon. Il reconnut l'écriture d'Élisabeth:

Ma chère Maria, M. Gornac vient d'avoir un malaise assez grave. Le docteur sort d'ici et espère que nous en serons quittes pour la peur; mais notre malade parle encore assez difficilement, et c'est votre nom qu'il répète sans cesse. Je vous prie donc de venir en hâte. Pour comble de malheur, ce maladroit de Pierre est tombé de la terrasse; il a la figure abîmée; mais ce ne sera rien. Dites à Bob que j'insiste pour qu'il ne se dérange pas.

Cette dernière phrase était soulignée: Pierre avait dû se plaindre à sa mère...

– Bah! Mme Gornac me pardonnera... Elle m'a déjà pardonné.

Il entendit les socques de sa grand-mère, qu'elle jetait bruyamment sur le seuil. Elle ouvrit la porte, que son énorme parapluie, ruisselant, une seconde, obstrua.

– Tu as lu le papier? Ils appellent ça un malaise. Pour moi, c'est une attaque. Il a la bouche toute tordue, le pauvre! Il était content de me voir; il a pleuré. Je reviendrai le veiller cette nuit. Tiens, Mme Prudent m'a donné cette lettre pour toi. Et M. Pierre qui est au lit, la tête enveloppée: il paraît qu'il est tombé de la terrasse... A son âge! Enfin, la grêle par-dessus le marché, c'est un jour de malheur. Et ça ne m'étonnerait pas du tout que ce soit la grêle qui ait tourné les sangs du pauvre homme. Il n'a pas vu qu'elle était mêlée de pluie et qu'elle ne ferait pas grand mal. J'ai regardé en passant: le raisin n'est pas touché; à peine les feuilles.

Bob lisait la lettre d'Élisabeth:

Vous vous êtes conduit comme un enfant brutal, mais je vous accorde les circonstances atténuantes. Je ne pourrai quitter mon beau-père ni jour ni nuit, et vous savez pourquoi votre présence est impossible à la maison tant que Pierre y sera, bien qu'il vous ait déjà pardonné, il m'a prié de vous le dire. Laissez-moi, mon cher enfant, vous supplier de ne pas céder à la tristesse. J'ai écrit à qui vous savez, ce matin. Je ne doute pas que vous n'ayez écrit aussi...

Non, il n'y avait pas encore songé: en réalité, il redoutait d'écrire à Paule, qui se moquait de ses fautes. Et puis, il ne savait guère exprimer ce qu'il éprouvait. Mais, aujourd'hui, ne serait-il pas plus éloquent! Il gagna sa chambre et se mit au travail. Plus tard, Paule devait amèrement se reprocher de n'avoir pas répondu à cette lettre. Bob, pourtant, lui racontait ses démêlés avec Pierre; elle savait que le refuge de Viridis était désormais interdit au jeune homme, que Mme Gornac demeurait auprès de son beau-père, – enfin, qu'il n'y avait plus personne auprès de lui qui pût le secourir. Elle voulait connaître la vie cachée de Bob, elle voulait l'inquiéter, l'éprouver, elle voulait le punir. Mais il était de ceux qui n'acceptent aucune épreuve, qui ne se résignent à aucune punition. Il souffrait; il se répétait que si Paule ne daignait même pas lui répondre, c'eût été folie que de compter sur son retour, et qu'il ne la reverrait jamais.

Des jours passèrent. Le beau temps était revenu, avec la chaleur. Dieu merci, Maria Lagave ne quittait guère le chevet du vieux Gornac. Bob pouvait souffrir tout son saoul, et parfois, à l'heure de la sieste et des volets clos, il lui arrivait de crier, de gémir, la tête dans son traversin. Pourtant, quelque espoir le soutenait encore, puisqu'il n'avait aucune autre occupation que de guetter le passage des autos sur la route. Il reconnaissait de loin la force du moteur, et, s'il s'agissait d'une dix chevaux, se précipitait. L'alcool aussi le secourait. Comme il ne voulait pas s'éloigner de la maison (Paule pouvait survenir à toute heure), il avait acheté à Langon des bouteilles de cognac ou de kirsch, qu'il buvait à peine étendu d'eau. Ivre enfin, il se couchait dans l'ombre pleine de mouches, balbutiant et chantonnant. Il se racontait des histoires, ou plutôt, comme à un enfant malade, se montrait à lui-même des images qu'il inventait, puériles, et parfois obscènes. Il était plein de pitié pour le petit Lagave, stupéfait que personne au monde ne vînt le consoler; il aurait consenti à dormir contre n'importe quelle épaule et, à mi-voix, répétait:

– Pauvre Bob! Pauvre petit!

Souvent aussi, une colère le soulevait contre la bien-aimée:

– L'idiote qui croit que je ne pourrai pas me guérir d'elle!

Il faisait des projets, songeait à prévenir telle ou telle de ses connaissances. Eh bien! oui, mourir, crever, mais d'abord, profiter de son reste... Et avec ce don des ivrognes pour répondre à des interlocuteurs imaginaires, il disait à haute voix:

– Perdu de réputation, que vous dites? Perdu pour perdu, je veux en avoir le profit. Vous allez voir ce que vous allez voir. Vous allez savoir ce que c'est que de s'en fourrer jusque-là; et ça ne me coûtera pas cher; et je m'en vante...

– A qui parlez-vous, Bob?

Il se souleva et vit Élisabeth debout, sur le seuil.

– Comme il fait noir, chez vous! Vous faisiez la sieste? Vous rêviez, je crois, mon pauvre petit? Mais je n'ai pas pu choisir mon heure. Notre malade s'est assoupi. J'ai dit à Maria que j'allais prendre un peu l'air... Avez-vous reçu une lettre? Non? Mais ne vous inquiétez pas: elle ne m'a pas écrit non plus. C'est, sans doute, qu'elle va nous tomber du ciel, un de ces matins... Et où la recevrez-vous, je vous le demande? Un peu ici, puisque Maria ne quitte guère la maison; et puis, les routes, les vignes... Oh! je suis bien tranquille! Quelle drôle de tête vous avez, Bob! Pourquoi me regardez-vous sans rien dire?

Il s'était levé; elle devina qu'il était en bras de chemise; mais les volets interceptaient la lumière.

– Je vais ouvrir, dit-elle.

– Non, vous feriez entrer la chaleur; venez vous asseoir à côté de moi, là, sur le lit, madame Gornac.

– Je ne fais qu'entrer et sortir, je ne m'assieds pas. C'est étrange, Bob je ne reconnais pas votre voix: vous articulez drôlement... Vous êtes encore un peu endormi, mon pauvre enfant.

– Non, non: je ne dors pas... Je voudrais vous montrer que je ne dors pas.

A peine eut-elle le temps de crier:

– Qu'avez-vous? Vous êtes fou!

Elle se sentit soudain prise, serrée; et tout contre sa figure, une haleine chaude sentait l'alcool. Mais Bob tenait si mal sur ses jambes, que, d'une seule secousse, elle se rendit libre et le fit tomber à la renverse sur le lit. Il y demeura affalé, ricanant. Mme Gornac, la main au loquet, se retourna et dit:

– Je ne vous en veux pas: vous avez bu.

Alors, lui, sur un ton de voyou:

– Vous auriez aussi bien fait d'en profiter... Vous le regretterez, j'en suis sûr....

Elle ne répondit que par une exclamation indignée, fit claquer la porte. Bob l'entendit courir dans l'allée.

– Si tu crois que je te vas poursuivre!

Et il riait tout seul. Élisabeth, la route traversée, pénétra dans la maison endormie. Le silence régnait chez le malade; il lui restait encore quelques minutes de répit; elle gagna sa chambre, poussa le verrou, se jeta sur son lit, put enfin pleurer.

IX

Le lendemain, Bob, dégrisé, eut honte de sa conduite, songea à écrire une lettre d'excuses; mais à quoi bon? C'était le dix-huitième jour après le départ de Paule, et plus rien n'avait d'importance à ses yeux. Il se moquait bien de ce que pouvait penser de lui la mère Gornac. De quoi ne se moquait-il pas? Faire souffrir Paule, se venger de Paule, voilà qui serait délicieux.

– Je te rattraperai au tournant,* gronda-t-il.

Il croyait ne plus souhaiter sa présence que pour le plaisir de la mettre à la porte. Dans les histoires dont il se berçait, la jeune fille jouait, maintenant, un rôle humilié. Il sortait de sa chambre, traversait l'ancienne cuisine devenue salon, et dont la porte ouvrait sur le jardin; la chambre de sa grand-mère le retenait longtemps. Toute la maison lui appartenait, depuis que Maria soignait le vieux Gornac. Désœuvré, il ouvrait les tiroirs, goûtait aux liqueurs douceâtres: eau de noix, angélique, dont sa grand-mère avait la recette, volait un oignon confit, une prune à l'eau-de-vie, respirait, comme dans son enfance, la vanille et les clous de girofle, cherchait sur les photographies du petit séminaire, qu'avaient salies les mouches, parmi quarante têtes rasées, pressées autour de prêtres aux joues creuses la figure chétive et sans regard d'Augustin Lagave, – puis se jetait de nouveau sur son lit, fermait les yeux.

Il dormait profondément, ce jour-là, lorsque Maria Lagave entre-bâilla la porte, qu'elle referma en hâte, redoutant la chaleur et les mouches. Mme Prudent lui avait dit qu'elle parlait trop, qu'elle fatiguait M. Gornac. C'était lui faire entendre qu'elle gênait. Elle ne se le ferait pas dire deux fois. Mais Mme Prudent serait bien attrapée quand Monsieur réclamerait Maria; il aimait mieux être soigné par elle. Assise sur une chaise basse, dans l'ombre de la seconde cuisine, elle tricotait, marmonnant et ruminant ses griefs.

Un bruit de moteur éveilla Bob; il connut d'abord que c'était une forte voiture, sans intérêt pour lui, et referma les yeux. Mais le ronronnement ne s'éloignait pas, persistait. Quelles étaient ces voix familières? Il se précipita. A peine eut-il ouvert la porte, ébloui et clignant les paupières, que son nom fut crié par des êtres masqués dans une auto puissante, sale, et qui frémissait. Maria Lagave, dont Bob ignorait la présence, s'était avancée aussi; elle rentra vite dans la seconde cuisine, quand elle s'aperçut que Bob introduisait ces monstres. Furieuse, elle retenait son souffle, l'oreille collée à la porte, ne comprenant rien aux clameurs de ces gens; ils étaient au moins quatre: deux hommes et deux femmes.

– On nous avait bien dit, la première maison en face du château...

– Mais tout paraissait fermé, mort... Et vous êtes apparu sur le seuil, comme l'ange de la résurrection, vous savez, princesse, dans ce tableau de..., de...*

– Mais c'est qu'il n'a pas du tout une bonne mine! Au fond, on ne se porte bien qu'à Paris... Ayons le courage de dire que partout ailleurs, on crève...

– Biarritz?* On y meurt... Nous allons en trois étapes à Deauville.*

– Nous en avons à te raconter! Tu sais qu'Isabelle divorce? Une histoire inouïe: à cause du Russe, naturellement. Et son mari a un rôle, là-dedans: il paraît que...

– Non!

– On a beau être affranchi, tout de même il y a une limite à tout.

– Oh! la jolie bonnetière!* J'adore les meubles paysans. Et cet amour de fauteuil!

– Les landiers* ont beaucoup de chic.

– Vous voyez, princesse, celui, de droite est évasé: pendant les veillées d'hiver, la nourrice, seule, avait le droit d'y poser son assiette.

– …Alors, le père a dit aux enfants: «Ou vous ne verrez plus votre mère, ou vous ne recevrez plus un sou de moi.»

– Et naturellement, ils ont tous lâché la mère?

– Comme vous pensez! On dit qu'elle en mourra de chagrin.

– Eh bien! mais si elle meurt, ils toucheront de ce côté-là aussi.

– La mère de la duchesse était américaine ou juive?

– Américaine et juive: elle cumulait.

– C'est curieux, elle fait tout de même très gratin…

– Oui, la voix de rogomme: ça s'attrape très bien.

– Mais non: tout simplement, elle a une voix d'homme.

– Si elle n'en avait que la voix…

– Non? Vous croyez? Je ne l'avais jamais entendu dire…

– Mais tout le monde le sait, voyons!

– Moi qui la croyais avec Déodat.

– Oh! c'est de l'histoire ancienne… A propos, vous savez que Déodat a eu une attaque? Il marche au ralenti: c'est tordant; et tout de même, il continue de recevoir; il paraît que dans son dos ses enfants imitent son ataxie…*

– Non, mais quelle horreur!

– Ce serait horrible si c'étaient ses vrais enfants…

Maria Lagave, aux écoutes, ne pouvait rien entendre à ces propos; pourtant, elle savait que, derrière cette porte, c'était de la boue qui clapotait. Elle injuriait tout bas son petit-fils qui avait livré sa maison à des drôlesses* de Paris. Pourquoi faisaient-ils tout ce bruit? Qu'allaient-ils encore inventer?

– Des cocktails? Ici?

– Mais oui! j'ai tout ce qu'il faut: le shaker est dans la voiture…

Et la glace?

– Nos voisins d'en face, les Gornac, ont une glacière. Je suis très bien avec les domestiques: une minute, et je reviens.

– Bob! demandez aussi des citrons.

Maria vit, entre les volets, Bob traverser la route. Un grand jeune homme sans veste, la tête et la poitrine nue, tirait des bouteilles de la voiture:

– Gin! Vermout! Angustura! cria-t-il en rentrant.

Ils mirent à profit la courte absence de Bob:

– Il a une sale tête, vous ne trouvez pas?

– Pourtant, il ne doit y avoir personne pour le fatiguer, ici.

Maria n'entendit pas une réflexion faite à voix basse, mais qui suscita des protestations de la princesse:

– Non, écoutez, Alain: vous êtes ignoble...

– Vous reconnaissez le père? Là, sur cette photo agrandie... Non, mais quelle gueule! J'adore le lorgnon et le ruban rouge, large comme les deux mains.*

– Bob est rudement touché, vous ne trouvez pas? Certes, il a toujours son charme...

– Le charme de ce qui est déjà presque fini...

– Les restes d'un déjeuner de soleil...

– Attention! Le voilà!

La voix de Bob, excitée, retentit:

– Il y aura assez de glace comme ça? Des cocktails, quel bonheur!

– Attendez, je vais chercher le Peter Pan:* on va mettre un disque... Mais oui, nous ne voyageons jamais sans ça. Pendant les pannes, sur la route, nous dansons.

Maria vit, par la serrure, Bob, les bras levés, agitant avec frénésie une boîte de métal.

– Quel disque?

– *Certain feeling!**

– Non, vous savez, celui que Bob aimait tant... *Sometimes I'm happy.**

Ils dansaient, maintenant, aux sons d'une musique de sauvages. Quand ils seraient partis enfin, Maria Lagave brûlerait du sucre, laverait les carreaux à grande eau. Quant à Bob, elle saurait lui ôter l'envie de recommencer. La voix du mauvais drôle* domine toutes les autres. La princesse dit:

– Vous en avez bu quatre; Bob, c'est assez.

– C'est qu'après votre départ adieu les cocktails!

– Venez avec nous!

– Au fait, si nous t'enlevions? C'est ça qui serait gentil...
Tu te rappelles, un soir, en sortant du *Bœuf*,* quand nous
sommes partis pour Rouen,* à deux heures du matin, avec
notre smoking, nos escarpins...*

– Oh! faites ça, Bob: Deauville vous réussira mieux que
cette campagne. Je vous connais: vous avez besoin de plaisir
pour ne pas mourir.

– Encore un cocktail, et je suis homme à vous suivre... Et
si je vous prenais au mot? Fuir, là-bas, fuir!...*

Un disque de nouveau, fit rage. Maria entendit un bruit de
chaises renversées. Bob cria:

– J'emporte tout de même une valise, ma trousse.

X

Il n'avait même pas pris la peine de laisser une lettre pour sa grand-mère. Des cigarettes brûlaient encore dans une soucoupe. Maria crut voir, sur la natte, des traces de sang: ce n'était qu'un bâton de rouge écrasé. Malgré la chaleur, elle poussa les persiennes: cette atmosphère de tabac et de parfums lui soulevait le cœur.

– Bon voyage! grommelait-elle; qu'il aille se faire pendre ailleurs!

Si ce n'avait été de ce pauvre Augustin... Fallait-il lui télégraphier? Malgré sa résolution de ne pas revenir au château, Maria y courut, impatiente d'annoncer la nouvelle et de la commenter avec Mme Prudent, – peut-être même curieuse de voir la tête que ferait Mme Prudent.

Autant que la pénombre où sommeillait M. Gornac permît à Maria Lagave d'en juger, Élisabeth parut plus surprise qu'émue, et sans changer de visage, parla du ton le plus calme:

– Vous avez fait ce que vous pouviez, ma pauvre Maria. Comment sauver les gens malgré eux? Mais oui..., télégraphiez à son père: c'est à lui de prendre une décision.

Calme non joué. Après le départ de Maria, Élisabeth, assise dans un fauteuil couvert de soie noire, fit attention au balancier de la pendule, au souffle du malade endormi, à un bourdonnement de mouche. S'était-elle attendue à souffrir? Comme après une chute, elle se tâtait. Mais non, elle ne souffrait pas; peut-être même se sentait-elle débarrassée, allégée. Ce garçon, dont elle était devenue la complice, et qui, hier encore, avait osé... (Élisabeth fit une grimace, secoua la tête), voici qu'il disparaissait d'un coup. Plus aucune question à se poser à son sujet. Fini de ces niaiseries, dont depuis trop de jours, elle occupait sa pensée. Elle rentrait dans la vérité de la vie, n'éprouvait plus que l'humiliation d'avoir tenu un rôle dans cette histoire louche, d'avoir été, un instant, l'objet d'une convoitise... Comme il l'avait tournée en dérision! Elle croyait entendre encore cette voix éraillée:

– Vous auriez aussi bien fait d'en profiter...

Élisabeth se lève, et à pas feutrés, s'approche de la fenêtre, écarte les volets. Le couchant rougeoie, les vignes dorment au loin. Élisabeth ne se sent pas triste; mais que ce pays, soudain, est désert! Quel océan inconnu s'est donc retiré de cette plaine, pour qu'elle lui apparaisse comme un fond de mer, comme une immense arène vide? Le vent frais agite les feuilles flétries: il a plu ailleurs. Élisabeth laisse les volets ouverts, demeure immobile et pense à Dieu. Elle croit sans effort à ces jeux de scène réglés avec soin par l'Être infini dans chaque destinée particulière:

– C'est vous, Seigneur, qui avez fait place nette, qui m'avez débarrassée de cette présence mauvaise.

Elle prie avec une ferveur dont elle ne se fût pas crue capable, elle dont la piété demeure, le plus souvent, aride et sans consolation, – terre amollie par l'orage. Elle prie et, soudain, se sent observée: le vieillard fixe sur sa bru des prunelles vitreuses entre des paupières rouges:

– Je me suis reposé; je ne souffre pas. Il fait moins chaud, n'est-ce pas? S'il pouvait pleuvoir, la vigne serait contente.

– Il fallait me dire que vous ne dormiez pas; je vous aurais lu le journal.

– Je ne m'ennuyais pas, ma fille. Je regardais ces photographies aux murs: mon pauvre père, ma pauvre femme, mes deux garçons... Il n'y a plus que moi de vivant, là-dedans.

Il parlait avec une gravité inaccoutumée. Voilà un des rares moments de sa vie où des soucis d'affaires n'ont pas occupé toute sa pensée.

— Si je me relève...

— Voyons, père, vous entrez en convalescence.

— Si je me relève, je veux retourner une fois au Bos, et puis à l'hospice de Langon, que j'administre. Je veux revoir une dernière fois les lieux où je fus enfant, où j'ai vu, jeunes et heureux, mon père et ma mère, où mes deux garçons passaient leurs vacances. Avant de retourner dans la terre...

— Auprès de Dieu, voulez-vous dire...

— Peuh! Peuh!

Il ne parle plus, repris par ce sommeil dont la fréquence inquiète le docteur. Pourtant, il entend la cloche du dîner:

— Vous pouvez descendre, ma fille: je n'ai besoin de rien.

Pierre l'attendait dans la salle à manger. Était-il averti du départ de Bob? Il observait sa mère à la dérobée. Elle lui demanda ce qu'il avait fait dans l'après-midi; il avait travaillé à son étude sur le Père de Foucauld.* La conversation s'établit entre eux, plus facile et plus nourrie qu'elle n'avait été depuis longtemps. Non qu'Élisabeth fût très attentive aux propos de son fils. Pourtant elle devait plus tard se souvenir d'une réflexion qu'il fit, ce soir-là:

— C'est merveilleux, l'apostolat chez les Touareg,* merveilleux pour les maladroits qui, ailleurs, desservent la cause qu'ils voudraient défendre et ne savent que la rendre haïssable. En plein Islam, il n'y a rien à tenter: il suffit de prier et de souffrir. N'importe qui peut faire ça...

Toujours des propos édifiants! Élisabeth s'efforce de n'en être pas agacée. Faut-il, songe-t-elle, que ce garçon irritable ait de la vertu pour avoir renoncé à toute vengeance, après ce coup de poing! Elle se reproche de ne pas l'admirer... Où est Bob, à cette heure? Elle imagine une chambre d'auberge, des draps froissés.

Le dîner se prolongeait dans le silence. Par la fenêtre

ouverte, la mère et le fils virent passer les bœufs enveloppés tout entiers d'un soleil déjà si bas que les vignes bientôt le cachèrent.

Nous croyons qu'un être a disparu de notre vie; nous scellons sur sa mémoire une pierre sans épitaphe; nous le livrons à l'oubli; nous rentrons, le cœur délivré, dans notre existence d'avant sa venue: tout est comme s'il n'avait pas été. Mais il ne dépend de nous d'effacer aucune trace. Les empreintes de l'homme sur l'homme sont éternelles et aucun destin n'a jamais traversé impunément le nôtre. Dès le lendemain du jour où Élisabeth, apprenant le départ du petit Lagave, avait été si heureuse de ne pas souffrir, l'auto que conduisait Paule de la Sesque s'arrêta, vers quatre heures, devant le perron de Viridis. Cette même nouvelle, qu'Élisabeth avait reçue sans frémir, elle l'annonça d'une voix tremblante à Paule. Son cœur bat aussi vite que celui de la jeune fille; elle l'introduit au salon et déjà lui demande des comptes, lui reproche d'avoir manqué à sa parole. Pourquoi avait-elle tant tardé? Il aurait suffi d'une carte-postale pour que le petit prît patience. Elle avait fait exprès de le désespérer. Où l'atteindre, maintenant? Des fous étaient survenus, l'avaient emporté on ne savait où. Il était parti. Paule ne répond rien, debout, les bras ballants, l'air buté.

— J'attendais des lettres de Paris, dit-elle enfin. La dernière ne m'est parvenue qu'hier.

Élisabeth hausse les épaules. A quoi rimait cette enquête? Mais Paule protesta qu'elle ne regrettait rien. Bien qu'elle se fût attendue au pire, les renseignements reçus dépassaient toutes ses craintes. Elle avait été injuste envers Pierre, et priait Mme Gornac de le lui dire. Oui, Pierre, à la dernière minute, l'avait sauvée.

— Sauvée? Pourtant, ma petite, vous êtes revenue... Vous êtes revenue trop tard, mais, tout de même, vous voilà.

Le temps était couvert; il pleuvait sur les coteaux; dans le salon assombri, les deux femmes, vainement, s'épiaient.

— Je suis revenue, dit Paule après s'être assise à contre-jour, je suis revenue, parce que je ne puis renoncer à lui.

– Mais alors? Je ne vous comprends pas, ma petite.

– C'est que vous êtes d'une autre époque. Moi-même, d'ailleurs, j'ai eu bien de la peine à m'affranchir de vos préjugés, que ma mère m'avait aussi transmis. Les aurais-je vaincus, sans cette amie que j'ai connue à Arcachon, et qui m'y a aidée?...

La jeune fille parlait avec hésitation, et pourtant sur un ton de bravade.

– Pourquoi, disait-elle, renoncer à un garçon sous prétexte qu'il n'est pas digne d'être épousé? Le mariage est une chose, et l'amour en est une autre...

– Vous n'avez pas honte, mon enfant? Voulez-vous bien ne pas soutenir des énormités!

– Je dis ce que je pense, Madame.

– Ce n'est pas cela que vous êtes venue proposer à Bob? Si je le croyais, je me réjouirais de son départ. Lui qui n'admire que vous, il aurait perdu cette illusion dernière. Je crois entendre son éclat de rire: «Celle que je plaçais si haut est pire que les autres!»

– Allons donc! je le connais mieux que vous: il sera content d'apprendre que je me suis «affranchie», comme il dit.

– Et moi, je demeure persuadée qu'il aime en vous, peut-être à son insu, une pureté, une limpidité...

La jeune fille se leva, remit ses gants. Elles s'aperçurent alors qu'il pleuvait, sentirent l'odeur de la terre mouillée.

– Vous n'attendez pas la fin de l'averse?

– Dans l'auto, je suis à l'abri... Si vous avez des nouvelles de lui, Madame, s'il revient, vous m'avertirez?

– Pour cela, non, ma petite, n'y comptez pas... J'ai pu être la complice de deux fiancés..., mais je ne prêterai pas les mains à vos combinaisons.... Pourquoi riez-vous?

– Parce que vous étiez moins «collet monté», lors de ma dernière visite. Vous parliez de l'amour comme quelqu'un qui s'y connaît...

Élisabeth lui prit le bras, la dévisagea:

– Que voulez-vous insinuer?

– Mais rien, Madame. Oh! je vous rends justice. Vous avez fait preuve d'un désintéressement admirable, dans toute cette histoire! On ne saurait vous accuser d'avoir travaillé pour vous. Mais... Mais...

– Mais quoi?

– Eh bien! j'imagine qu'à votre âge, le désintéressement est l'unique forme possible de l'amour...

Elisabeth, blême, eut à peine la force de crier:

– Vous êtes folle! Je vous prie de sortir.

Elle ouvrit la porte.

Paule de la Sesque ne s'excusa pas. Elle s'était déchargée de ce que depuis longtemps, elle mourait d'envie de crier à cette vieille. Ce ne serait pas difficile de rejoindre Bob. Elle lui adresserait une lettre à Paris: on ferait suivre... Les deux femmes se saluèrent à peine. Élisabeth regarda l'auto s'éloigner sous la pluie, rentra dans le salon, tendit l'oreille; mais rien ne bougeait: M. Gornac devait dormir. Elle s'assit près de la fenêtre, prononça à haute voix:

– Quelle saleté!

Comme elle demeurait encore empêtrée dans cette intrigue! En délivrerait-elle jamais son esprit malade? Pourquoi pas? Après le petit Lagave, Paule de la Sesque disparaissait enfin. Tout rentrait dans l'ordre. La place était nette. Il ne restait plus que de retrouver le rythme de ses besognes quotidiennes, de ses soucis, de ses prières. Et, d'abord, ne pas demeurer inactive, être toujours occupée. Elle monta chez M. Gornac, le trouva en robe de chambre, assis devant une table encombrée par des livres de comptes. Elle lui dit de ne pas se fatiguer; il fit le geste impatient d'un homme qui craint d'avoir à recommencer une addition. Elle redescendit, s'établit de nouveau près de la fenêtre, ouvrit le panier de linge. Elle faisait d'instinct, tous les gestes de sa vie d'autrefois, comme s'ils eussent dû susciter mécaniquement la quiétude, la somnolence spirituelle qu'ils accompagnaient naguère. Ce fut en vain: non qu'elle souffrît, mais elle s'ennuyait. Son existence, qu'elle avait toujours jugée si remplie, qu'elle lui paraissait vide! Elle qui avait coutume de répéter qu'elle ne savait où donner de la tête s'étonnait de n'avoir, tout d'un coup, plus rien à faire.

– Je laisse tout aller, songeait-elle.

– Oui, mais tout allait aussi bien que du temps qu'elle surveillait les chais, le poulailler, la cuisine et la buanderie.

Elle vit se diriger vers la maison, sous le même parapluie, Pierre et le curé de Viridis, qui discutaient. Elle se leva, «s'esbigna»,* comme on disait chez les Gornac.

Quelques jours pluvieux suivirent ce jour. Elle ne reçut aucun avertissement. A une certaine heure d'une de ces nuits, aucun choc ne l'éveilla. Elle ne vit pas, en esprit, des hommes courir sur une route pleine de flaques vers une auto renversée et en flammes. Elle n'entendit pas ce hurlement de bête; elle ne reconnut pas, à la lueur des débris incendiés, ce corps sanglant, cette figure informe, ces mains noires.

Le soleil de nouveau brilla. Mais un vent plus frais séchait les chemins. M. Gornac recommençait à sortir. Pierre l'évitait le plus possible, marchait à pas lents dans les allées, le nez dans un livre. Il portait les mêmes vêtements à la campagne qu'à la ville. Parfois, il s'arrêtait, prenait une note.

Enfin, se leva ce jour. Maria Lagave entra dans le salon, après le déjeuner, au moment où Mme Gornac versait du café dans la tasse de Pierre. Au bruit de la porte, M. Gornac, somnolant sur le journal, dressa sa vieille tête. Maria tenait une lettre qu'elle tendit, sans prononcer une parole, à Élisabeth. Pas une seconde, tout le temps que dura la lecture, elle ne cessa d'observer Mme Prudent. Élisabeth dit à mi-voix:

– Mon Dieu! quelle horreur!

Ses mains tremblaient. Elle donna le papier à son fils:

– Je ne puis déchiffrer l'écriture d'Augustin. Tiens, lis... Asseyez-vous, ma pauvre Maria.

Et elle s'éloigna de la fenêtre, s'appuya au mur, à contre-jour. Pierre déchiffrait à haute voix la lettre d'Augustin Lagave:

Ainsi, ma chère maman, tandis que je le croyais auprès de toi, il avait pris la fuite et courait les routes avec des aventuriers. D'après l'enquête, pour qu'il n'ait pas vu que ce passage à niveau était fermé, on suppose qu'il était en état d'ivresse. Le compteur dénonçait une vitesse de cent vingt kilomètres à l'heure. Je t'écris cela, le rouge de la honte au front. Ce malheureux aura eu, hélas! une fin à l'image de sa vie. Toi et moi, nous pourrons nous rendre ce témoignage que nous avons accompli, en ce qui le concerne, tout notre devoir. Ma vie de travail et d'honneur lui aura été d'un inutile exemple; mais ma conscience ne m'adresse aucun reproche. Ses restes, à demi carbonisés, ont été mis dans un cercueil plombé. Eu égard à la saison et un grand nombre de mes supérieurs et de mes subordonnés prenant leurs vacances, à ce moment de l'année, il n'y aura qu'une cérémonie très courte à Paris. Le ministre a bien voulu me présenter ses condoléances et je ne doute pas qu'il ne se fasse représenter aux obsèques. Malgré le prix exorbitant de ces sortes de transports, j'ai décidé que le corps de mon fils reposerait à Viridis. J'arriverai en même temps que lui, jeudi matin. D'ailleurs, ne t'occupe de rien: tout incombe à la maison B... Je n'ai, jusqu'ici, qu'à me louer de la parfaite dignité des agents de cette importante administration. Les frais, t'ai-je dit, sont considérables. Je ne regrette pas ce dernier geste, après tant d'autres, en faveur d'un enfant qui ne m'aura jamais remercié des sacrifices que je me suis imposés. Je ne te décris pas le chagrin d'Hortense. J'ai vainement essayé de l'adoucir en lui disant que, s'il avait vécu, notre pauvre Robert aurait eu, en mettant les choses au mieux, une vie manquée. Ces considérations, pour raisonnables qu'elles fussent, n'ont fait que l'irriter. Inclinons-nous devant la douleur d'une mère et laissons le temps accomplir son œuvre. Il n'y aura à Langon qu'une levée de corps. Préviens la famille Gornac. Tendrement et tristement à toi.

M. Gornac se leva, embrassa Maria:
— Eh bien! ma pauvre amie, ce n'est pas juste que les jeunes partent avant nous.

– Oh! c'est sa mère qu'il faut plaindre. Pour lui, pauvre drôle,* ça vaut peut-être mieux. Il n'aurait jamais rien fait de bon. Nous ne savons pas comment il aurait tourné.

– C'est terrible, une mort si soudaine, dit Pierre. Il n'a pas dû avoir le temps de se reconnaître. Nous devons beaucoup prier.

– Mais aussi, ces automobiles! s'écria M. Gornac. Cent vingt à l'heure! Il faut vouloir sa mort et celle des autres.

Élisabeth ne prononça aucune parole. Elle se détacha du mur où elle était appuyée, sortit de l'ombre, et, après avoir embrassé Maria, s'assit sur le canapé. Pierre allair et venait, faisant craquer ses doigts. L'angoisse commençait de sourdre en lui:

– Si je n'étais pas intervenu, le petit Lagave ne serait pas parti; il vivrait encore; je suis responsable de cette mort, – de cette mort sans repentir.

Il quitta la pièce, emportant au fond du jardin ce scrupule, comme une proie. Le vieux Gornac dit à Maria que cela lui ferait du bien de marcher un peu et qu'il la raccompagnerait. Les deux vieux sortirent au bras l'un de l'autre, lui courbé, elle droite encore.

Élisabeth demeura seule, assise dans le salon, immobile, les mains posées sur les genoux. Quand Pierre rentra, elle était encore à la même place et dans la même attitude. Le jeune homme recommença ses allées et venues:

– Tu crois, maman, que je suis responsable n'est-ce pas? C'est effrayant de porter un tel poids! Je sais bien qu'il faut d'abord voir l'intention. Mon intention était droite, du moins en apparence. N'empêche que ce pauvre petit Lagave m'a toujours exaspéré... Sans doute s'agissait-il d'éclairer cette jeune fille; c'était un devoir aussi. Tu ne dis rien, maman. Tu me condamnes?

Elle répondit, indifférente:

– Mais non, mon petit.

Elle frottait sa robe à l'endroit des genoux. Pierre continua de se heurter aux fauteuils, sans s'interrompre de parler. Il disait qu'une seule pensée le consolait: on pouvait beaucoup pour les morts; jusqu'à son dernier souffle, dans toutes ses communions et ses prières, le salut du petit Lagave aurait la première place entre toutes ses intentions. Il ajouta, après un silence:

— Pauvre petit! J'imagine ce qu'a dû être cette cérémonie, ce matin, à Saint-François-Xavier,* au début de septembre...

Il imaginait la nef vide, le clergé pressé. Il ne se doutait pas qu'Augustin Lagave, qui, en prévision de cette solitude, avait battu le rappel de tous ses supérieurs et de tous ses subordonnés présents à Paris, eut la stupeur, plusieurs heures avant les obsèques, de voir affluer des couronnes et des gerbes. Presque aucune autre fleur que des roses mais de toutes les espèces connues. Elles recouvrirent d'abord le cercueil, puis envahirent le vestibule; et comme il en arrivait toujours, on dut les appuyer contre la maison, le long du trottoir, déjà flétries, au ras des conduits d'égout et parmi toutes les souillures. Le représentant de la maison B... déplorait de n'avoir pas été averti et il envoya en hâte quérir des brancards. Presque aucune carte n'accompagnait ces envois.

— Comme il était aimé! songeait Mme Lagave, en larmes.

Mais elle se retenait de le dire à Augustin, blême, et que le parfum des fleurs accumulées indisposait plus sûrement que n'eût pu le faire le cadavre. Voici la dernière bouffée qu'il doive jamais recevoir de ce pays inconnu où un enfant malheureux apprit la science des pires assouvissements et du plus simple amour. Lorsque s'ébranla le convoi, il entendit une femme dire:

— C'est sûrement quelque actrice...

Augustin Lagave avançait raide et droit, entre les murs surchauffés. Les cahots du char agitaient devant lui les roses pendantes. Non, l'église n'était pas vide; et Augustin en éprouva d'abord quelque satisfaction, mais il n'eut à serrer que peu de mains. Sauf ses collègues, la plupart des assistants, qu'il voyait pour la première fois, se contentaient d'incliner la tête. Plusieurs de ces figures étaient baignées de larmes. Beaucoup disparurent sans défiler devant la famille.

– A quoi penses-tu, maman?

Élisabeth tressaillit, et comme prise en faute, se leva:

– Mais à rien, mon chéri... A ce que tu me disais... Bien sûr! tu as agi selon ta conscience.

Le ton de sa voix demeurait neutre. Pierre lui ayant proposé d'aller jusqu'à l'église, elle ne fit aucune objection, mit son chapeau et ses gants, chercha une ombrelle. Ils suivirent un chemin de traverse parmi les vergers et les vignes, sans échanger aucune parole. L'église de Viridis était sombre. Pierre s'agenouilla, la tête dans les mains. Élisabeth, à genoux elle aussi, regardait fixement l'autel, mais ses lèvres ne remuaient pas. Les sourcils rapprochés, avec une expression de dureté que nul n'avait jamais dû voir sur sa face placide, elle ne détournait pas les yeux du tabernacle ni de la vierge noire qui le domine, affublée d'une robe rouge, brodée d'or. L'horloge battait dans cette solitude, dans ce vide. Du même geste que lorsqu'il était enfant, Pierre s'assit et interrogea du regard sa mère pour savoir si elle avait fini son adoration. Elle se leva et il la suivit. Elle prit l'eau bénite que son fils lui tendait, mais ne se signa pas. Dehors, dans le déclin de ce beau jour, ils remarquèrent que les soirées étaient plus fraîches. Pierre dit que, la semaine dernière, ils n'auraient pu aller à l'église et en revenir à pied. Ainsi parlèrent-ils de choses indifférentes; le jeune homme proposa à sa mère de faire une visite à Maria:

– Ce serait plus convenable.

Elle refusa avec une vivacité qui d'abord, le surprit.

Cette soirée passa comme toutes les soirées. Rien d'étrange dans l'attitude d'Élisabeth, si ce n'est qu'elle ne travaillait pas, et que, comme le dimanche soir, ses mains demeuraient inactives sur ses genoux. Le vieux Gornac s'était endormi, sans achever de lire son journal. On entendait, par la fenêtre ouverte, les pas de Pierre dans les allées: sans doute remâchait-il ses scrupules et ses doutes à propos de cette mort; peut être songeait-il à ce jour, à cette nuit si proche, lorsque, dans la même herbe où sa marche fait se taire brusquement les grillons, un front, aujourd'hui glacé reposait sur la poitrine d'une jeune fille heureuse; un front glacé à jamais; – à jamais inerte aussi la main qui avait meurtri le visage de Pierre. Il n'arrivait pas à étouffer cette joie insidieuse: l'homme qui l'avait frappé à la face n'était plus au monde. «Et moi qui me persuadais de lui avoir pardonné! J'avais pris l'attitude, j'avais fait le geste de la miséricorde, mais rien dans mon cœur n'y correspondait. Le christianisme ne m'est qu'un vêtement, un déguisement. A peine déforme-t-il mes passions. Elles vivent, masquées par la foi, mais elles vivent.» Le sens pratique des êtres adonnés à la vie spirituelle induit Pierre à profiter de cette découverte pour en nourrir son humilité. Il est si difficile au chrétien de ne pas se croire meilleur que les autres hommes! Pierre s'acharne à mesurer la joie atroce que lui donne la mort de Bob. Immobile sous les charmilles noires, il tourne contre lui-même sa fureur. Son plaisir est de se répéter: «Bob valait mieux que moi, lui qui vivait à visage découvert.» Il s'enivre de cette certitude qu'il est le dernier des derniers, mais aussi qu'il travaille, par cette seule connaissance, à son avancement. Tout sert à qui vit en Dieu.

A l'heure accoutumée, la famille Gornac monta vers les chambres. Élisabeth, le verrou poussé, demeura aussi calme qu'en présence de son beau-père et de son fils. Elle alla à la fenêtre, se pencha dans l'ombre et dit à haute voix:

– Il est mort…

Mais ces paroles n'éveillèrent en elle aucun écho. La bougie éclairait à peine cette chambre vaste. Élisabeth appuya son front contre la glace de l'armoire, puis se dévisagea avec attention; et, s'adressant à cette grosse femme pâle et correcte, répéta encore d'une voix indifférente:

– Mais il est mort, il est mort, il est mort.

Elle ne fit pas sa prière, s'étendit dans le noir. Elle sommeillait, s'éveillait, parlait à Bob:

– Elle ne vaut pas mieux que les autres, vous savez! Elle ne vous épousera pas!

Elle ricanait, croyait dormir, mais entendait le froissement des feuilles, le murmure ininterrompu des prairies.

XI

Le lendemain, vers neuf heures, Pierre rejoignit Mme Gornac au salon et lui dit que la famille Lagave était arrivée chez Maria. Il venait d'y accompagner son grand-père qui ne voulait pas qu'on l'attendît pour déjeuner, et qui comptait demeurer jusqu'au soir auprès d'Augustin. Le corps était arrivé aussi: on l'avait déposé dans l'église de Langon. Il n'y aurait pas de cérémonie à Viridis. Elle demanda:

– Quel corps?

– Voyons, maman: celui du petit Lagave...

– Le corps du petit Lagave?

Pierre prit la tête de sa mère dans ses deux mains et l'examina avec attention:

– A quoi penses-tu, maman?

– Mais à rien...

– Tu avais l'esprit ailleurs? Écoute: il serait convenable d'aller prier auprès du cercueil. Il paraît que Mme Augustin ne le quitte pas. Nous ferons, au retour, notre visite chez Maria.

Pierre s'exprimait avec une étrange alacrité et comme s'il eût été délivré, d'un coup, de tous ses scrupules. Sur un signe d'assentiment de sa mère, il fit atteler la victoria. A peine assis à côté d'elle, dans la voiture, il lui dit très vite:

– Une bonne nouvelle et qui te donnera autant de joie qu'à moi-même... Oui, je la tiens d'Augustin Lagave, qui n'y

attache, d'ailleurs, aucune importance... Eh bien! voilà:
Robert n'est pas mort sur le coup.

— Il n'est pas mort?

— Il a agonisé pendant plus de deux heures; il s'est vu
mourir. Un quart d'heure avant le dernier soupir, il était
lucide. On l'a transporté dans la maison la plus proche... Et
sais-tu quelle était cette maison? Le presbytère, comme par
hasard! Il est mort dans les bras d'un pauvre curé de campagne,
qui a écrit une lettre admirable aux parents; Augustin me l'a
fait lire; il y a cette phrase: «Votre fils a rendu l'âme dans des
sentiments de repentir, de foi..., heureux de souffrir et de
mourir...» Que Dieu est bon, maman! Vois comme tout
s'éclaire.

Il prit la main d'Élisabeth, la serra; comme elle ne bougeait
pas, et remuait un peu les lèvres, il crut qu'elle priait, respecta
son recueillement. Il était heureux d'éprouver de la joie
parce que le salut de son ennemi était assuré. Maintenant, il
ne doutait plus d'en avoir été l'instrument très indigne.

L'après-midi était terne, l'atmosphère pesante, mais aucun
orage ne montait: il ne pleuvrait pas. La poussière, qui
salissait l'herbe des talus, ne pouvait rien contre les vignes
déjà souillées par le sulfate. La victoria descendait vers la
Garonne. Pierre, incapable d'immobilité, se frottait les mains,
les passait sur sa figure.

— C'est étrange, dit-il; je sens encore les cicatrices des coups
qu'il m'a donnés.

Il vit se tourner vers lui la large face blême de sa mère, qui,
pour la première fois depuis deux jours, le considéra avec
attention. Après l'avoir dégantée, elle leva une main petite
et grasse, toucha, comme pour achever de les guérir, chaque
meurtrissure. Puis, la main retomba. Mais Élisabeth paraissait
moins figée; sa poitrine se soulevait; elle parcourait du regard
la plaine sombre. C'était l'époque où, les grands travaux
achevés, les hommes se reposent, confiant le raisin au soleil
pour qu'il le mûrisse. Ainsi s'étendait ce pays muet et vide,
ce fond de mer d'où quelqu'un s'était à jamais retiré. Le
cheval traversa la Garonne au pas. Pierre dit:

– Comme les eaux sont basses!

L'église est à l'entrée du pont. Mme Gornac prononça la phrase habituelle:

– Mettez le cheval à l'ombre.

Ils pénétrèrent dans la nef glacée et noire. Pierre prit sa mère par le bras.

– Dans le bas-côté de droite..., dit-il à mi-voix.

Elle le suivit. Une chose longue, sous un drap noir, reposait sur deux tréteaux; et tout contre elle, une forme enveloppée de crêpe, la mère, si courbée que son front touchait presque ses genoux. Pierre, prosterné, s'étonna de ce qu'Élisabeth demeurait debout, les deux mains serrant le dossier d'une chaise, la mâchoire inférieure pendant un peu. Et soudain, il entendit un long râle; il la vit des pieds à la tête frémir, les épaules secouées, hoquetant, perdant le souffle, jusqu'à ce que, sur une chaise, s'écroulât enfin ce corps comme sous les coups redoublés d'une cognée. L'église déserte répercutait ses sanglots lourds. Elle n'essuyait pas sa face trempée de larmes; mais, d'une main mouillée, elle avait dérangé sur son front ses sages bandeaux, et une mèche grise lui donnait l'aspect du désordre et de la honte. En vain Pierre lui disait-il de s'appuyer à son bras et de sortir, elle ne paraissait l'entendre ni le voir; il surveillait d'un œil furtif la porte. Grâce à Dieu, il n'y avait personne dans l'église que ce mort et que cette ombre prostrée qui le veillait, qui n'avait pas même tourné la tête. D'une seconde à l'autre, pourtant, quelqu'un pouvait survenir.

– Viens, maman, ne restons pas là.

Mais, sourde, elle tendait à demi les bras vers le cercueil, balbutiait des mots sans suite, invoquait cette dépouille:

– Tu es là! c'est toi qui es là..., répétait-elle.

Pierre n'essayait plus de l'entraîner. Les dents serrées, il attendait la fin de ce supplice. Cette femme pantelante était sa mère. Il priait. Elle avait l'air d'une vieille bête blessée, couchée sur le flanc et qui souffle, – mais déjà moins bruyamment; et l'on aurait pu entrer, à présent, sans qu'elle suscitât de scandale. Comme après la foudre, l'averse seule crépite, rien n'était plus perceptible de cette terrible douleur que des halètements et des soupirs; – et toujours ces larmes pressées, plus nombreuses, en ces brèves minutes, que toutes celles qu'avait pu verser Élisabeth depuis qu'elle était au monde. La voyant plus calme, Pierre sortit, ordonna au cocher de baisser la capote: Madame se trouvait un peu indisposée, une de ces migraines que tout le personnel connaissait bien. Revenue auprès de sa mère, il lui frotta les yeux avec son mouchoir imbibé d'eau bénite, l'entraîna, la poussa dans la voiture. Personne à la sortie; et le cocher (un homme engagé seulement pour l'été) s'était à peine retourné sur son siège.

Des frissons la secouaient encore, mais elle ne pleurait plus. Pierre reconnut à peine ce visage: les joues paraissaient creuses; le menton s'était allongé; un cerne livide agrandissait les yeux. Elle le repoussa, et il crut qu'elle le rendait responsable de cette mort. Au vrai, elle l'écartait comme elle eût fait de tout autre vivant. De ce bouleversement profond, surgissait à la lumière cet amour enfoui dans sa chair et qu'elle avait porté comme une femme grosse ne sait pas d'abord qu'elle porte un germe vivant dans son ventre. A cause de la longue montée vers Viridis, le cheval allait au pas. Elle recommença de pleurer, se souvenant d'avoir vu Bob enfant, un jour, à cet endroit de la route; il revenait de la rivière, son petit caleçon mouillé à la main, il mordait dans une grappe noire. Pierre n'osait la regarder. La vie était horrible; il n'en pouvait plus.

– Il n'y a que vous, Seigneur. Je ne veux plus connaître que vous.

Un sanglot de sa mère lui fit rouvrir les yeux. Pris de pitié, il lui proposa des consolations: il fallait qu'elle se rappelât comment le petit Lagave était mort; rien de plus assuré que son salut: ouvrier de la dernière heure, fils prodigue, brebis perdue et retrouvée, publicain, tout ce que Dieu chérit entre toutes ses créatures. Mais elle secouait la tête: elle ne savait pas ce que c'était que l'âme. Bob, c'était un front, des cheveux, des yeux, une poitrine qu'elle avait vue nue, des bras qu'une seule fois il lui avait tendus. Elle se détourna un

peu, appuya sa figure contre le cuir de la capote de peur que
Pierre ne lût ses pensées dans ses yeux:

– Ses bras qu'il m'a ouverts un jour...

Pierre n'entendit pas les paroles; pourtant, il dit:

– Nous avons la foi en la résurrection de la chair.

Il vit de nouveau se tourner vers lui une figure décomposée:

– Épargne-moi tes sermons.

C'était sa mère qui parlait ainsi, sa pieuse mère. Ah! il
comprenait enfin pourquoi leur foi commune n'avait créé
entre eux aucun lien; il méprisait cette religion de vieille
femme et qui n'intéressait pas le cœur. Un ensemble de
prescriptions, une police d'assurance contre l'enfer dont
Élisabeth s'appliquait à ne violer aucune clause, le pauvre
souci d'être toujours en règle avec un être infini, tatillon,
comme on l'est avec le fisc, – tout cela pouvait-il compter
plus qu'un fétu devant ce furieux raz de marée? Elle grondait:

– J'ai vécu, oui: j'ai fait des additions..., des additions...

Et soudain, son regard ayant croisé celui de Pierre, elle
gémit:

– J'ai honte devant toi! Si tu savais comme j'ai honte...

Il l'attira contre son épaule et elle ne se défendit pas,
ferma les yeux, ne parla plus. Il se rappelait l'avoir vue,
encore jeune femme, dans la salle à manger du Bos, assise
devant les livres de comptes ouverts sur la table, et son
beau-père, dont le grand nez courbe portait des lorgnons
d'écaille, se penchait sur son épaule... Pierre chercha des
traits qui eussent pu annoncer la femme qui, aujourd'hui,
halète et gémit contre lui. Il ne trouve rien que de brusques
violences, ces colères qui faisaient dire à M. Gornac que sa
belle-fille était «soupe au lait»* – des préférences aussi, des
antipathies irraisonnées: que ce fût le nouveau curé, un
vicaire, un métayer, un domestique, elle les portait aux nues
quelques jours, puis souvent, pour une vétille, se détournait
d'eux. Mais cela ne signifiait rien. D'ailleurs, que savons-
nous de ceux qui nous ont mis au monde? Aucune chair ne
nous est moins connue que celle dont la nôtre a tiré sa
substance. Comment avait été sa mère au couvent? Quelle

jeune fille avait-elle été? Sans doute, la rigueur de l'éducation et des usages l'avait faite pareille à toutes ses compagnes, à toutes les femmes vivantes de sa famille et à toutes celles qui s'étaient ennuyées avant elle dans ces tristes petites villes. Mais non, le milieu le plus étouffant n'étouffe pas tout dans un cœur. Pierre aurait pu songer à ces grains de blé trouvés dans les sarcophages et dont on raconte qu'après cinq mille ans, ils germent et s'épanouissent.* Il aida sa mère à descendre de voiture; et quand ils furent dans le vestibule:

– Rappelle-toi, maman, qu'il faut que tu ailles voir les Lagave, chez Maria. Es-tu en état de faire ta visite à la famille?

Elle se redressa; il avait trouvé le seul mot qui pût agir encore: elle devait une visite de deuil à la famille. Elle demanda à Pierre d'y aller sans elle, lui promit de le rejoindre dans une demi-heure.

– Je saurai me tenir; ne t'inquiète pas; le coup est porté; c'est fini.

Mais il aima mieux l'attendre. Il l'entendait marcher dans sa chambre, au-dessus du vestibule. Quand elle reparut, correcte, déjà gantée de noir, le front blanc sous des bandeaux lisses, il soupira d'aise. Ses yeux étaient rouges encore; mais nul ne pouvait s'étonner qu'elle eût pleuré: qui ne connaissait son bon cœur? D'ailleurs, les circonstances exigeaient que chez Maria tous les volets fussent clos. On ne déchiffrerait rien sur cette face.

Dans la salle de la maison Lagave, où la famille était assise en rond, Pierre eut peur lorsqu'il entendit Maria dire à Mme Prudent qu'elle avait retrouvé des mouchoirs dans l'armoire de Bob, qui étaient marqués d'un É.

– Il avait dû vous les emprunter le jour qu'il a tant saigné du nez. Si vous voulez venir voir...

Élisabeth se leva, quitta le rond chuchotant et pénétra d'un pas ferme dans la chambre. Chambre aux murs blêmes, sépulcre vide. La poussière y dansait dans la lumière qui fusait des persiennes. On eût dit une de ces chrysalides diaphanes qu'abandonnent les cigales envolées. Le lit était sans draps et le traversin affaissé, du côté du mur où avait reposé la tête pesante. Le battant de l'armoire grinça: une cravate y pendait encore. Élisabeth ne quittait pas des yeux le lit: deux bras se tendaient vers elle, et ce visage usé, amaigri, elle le vit; elle se rappela ses pommettes, ses maxillaires trop saillants, ses yeux creux, cette peau tirée: tête de mort, déjà.

– Oui, ils sont à moi, je les reconnais.

Elle prit les mouchoirs, et, tandis que Maria la précédait dans la salle, elle aspira, le temps d'une seconde, une odeur de tabac et d'eau de Cologne; puis, elle reprit sa place.

Pierre obtint de sa mère qu'après la cérémonie à l'église, elle n'irait pas jusqu'au cimetière. Il était naturel qu'elle demeurât auprès de Mme Augustin Lagave. Ainsi put-elle mêler librement ses larmes à celles de la mère du pauvre mort. Le soir, après le dîner, lorsque M. Gornac eut regagné sa chambre, elle parut à Pierre si tranquille, qu'il osa toucher au sujet brûlant, et lui avoua qu'il avait écrit, la veille, à Mlle de la Sesque: si la jeune fille ne lisait pas les journaux de Paris, peut-être ignorait-elle tout encore... Mais Élisabeth, soudain furieuse, l'interrompit: de quoi se mêlait-il? Quelle était cette manie d'entrer dans la vie des autres? N'était-il pas payé pour savoir ce qu'il leur en coûtait? Ne lui suffisait-il pas de prier pour eux, puisqu'il ne pouvait se retenir de désirer que les autres fussent différents de ce qu'ils étaient, puisqu'il ne pouvait résister à la tentation de les changer, de les transformer?...

– Si tu as écrit à cette petite de revenir ici, je t'avertis que je la mettrai à la porte. Je ne supporterai pas la présence chez moi de celle qui a causé sa mort...

– Mais, maman, tu sais bien que c'est moi qui...

– Elle pouvait ne pas partir; et une fois partie, elle pouvait revenir... Oui, toi aussi, sans doute, tu es responsable... Et moi! qui aurais pu me lever ce matin-là, et donner l'alarme à Bob pour qu'il retînt cette petite sotte... Et j'ai dormi, j'ai dormi, je ne me souviens pas d'avoir jamais autant dormi.

Elle se tut et pleura. Pierre errait à travers la pièce, dérangeait les fauteuils, parlait de la volonté de Dieu, invitait sa mère à adorer les desseins providentiels, fit allusion à la fin chrétienne du petit Lagave. Mais elle lui cria:

— Est-ce que Dieu t'a fait des confidences? Nous ne sommes sûrs que d'une chose: c'est que son corps est dans la terre, qu'il pourrit, qu'aucun regard ne le verra plus, qu'aucune main ne le touchera plus. Il n'y a que cela de sûr. Tout le reste...

— C'est toi, maman, qui blasphèmes ainsi? On croirait entendre grand-père...

Elle protesta qu'elle ne voulait pas blasphémer.

— Je ne sais plus rien... Je sais que je souffre.

Elle répétait à voix basse:

— Je souffre... Je souffre...

Pierre, cependant, rédigeait un télégramme pour Mlle de la Sesque, afin de la détourner de venir à Viridis. Il l'apporta à Galbert, en lui recommandant de le faire partir le lendemain matin, dès l'ouverture du bureau de poste. Quand il revint au salon, sa mère paraissait sommeiller. Il ouvrit la fenêtre, sentit l'odeur du cuvier qu'on aérait à cause des vendanges prochaines. Il demanda à Élisabeth si elle voulait réciter avec lui la prière du soir. Mais elle secoua la tête sans répondre. Alors, s'éloignant un peu de la lampe, il s'agenouilla seul, les coudes sur un fauteuil, la tête dans les mains. Quand il se releva, il vit que sa mère avait quitté la pièce sans l'embrasser.

Il fut debout dès l'aube, et, pour aller entendre la première messe, dut traverser un épais brouillard. Des passereaux criaient, qu'il ne voyait pas. Au sortir de l'église, il suivit une route qui l'éloignait de la maison. La brume se déchirait. L'odeur des pressoirs éveillait en lui des impressions de vacances au déclin. Sur la route déserte, il causait avec lui-même, se fortifiait dans sa résolution de tout quitter sans tourner la tête, — impatient de retrouver son directeur, à Paris, et d'obtenir de lui qu'il raccourcît le délai imposé avant sa séparation complète d'avec le monde. Il pensait à

Bob sauvé, avec une tendresse paisible. Toute sa vie, toute sa vie serait offerte en échange du salut de cet enfant, qu'il avait insulté, qu'il avait précipité dans la mort – ; mais la mort seule avait pu rendre vivant cet ange charnel.

De telles pensées l'absorbèrent au point qu'il se retrouva devant la maison sans savoir quelle route il avait suivie. Il reconnut d'abord, contre le perron, une auto arrêtée. Paule de la Sesque était là; le télégramme n'avait pu l'atteindre. Partie d'Arcachon dès la veille, elle avait dû coucher à Langon. Pierre frémit en songeant aux menaces de sa mère: quel accueil avait-elle ménagé à la pauvre enfant? Il ouvrit la porte du vestibule, la referma sans oser entrer. Non, il n'aurait pas le courage de soutenir les regards de Paule. Il s'approcha de la fenêtre entre-bâillée du salon d'où ne venait aucun éclat de voix, y jeta un regard furtif. Tournant le dos à la fenêtre, Paule était assise sur le bras du fauteuil, la tête contre le cou d'Élisabeth. Pierre voyait la main de sa mère caresser la nuque rasée de la jeune fille, et, parfois, son autre main descendait le long du cou et du bras nu, comme si elle y eût cherché une trace. Cette chair pour laquelle le petit Lagave avait vécu et était mort, elle la tenait dans ses bras. Les lèvres de l'adolescent avaient glissé le long de cette paume, de ce poignet, s'étaient attardé à la saignée. Peut-être Élisabeth désirait-elle obscurément suivre sur ce corps une piste, et, comme un voyageur retrouve la cendre d'un camp abandonné, s'arrêter longuement à une meurtrissure.

Pierre s'éloigna de la fenêtre, gagna la terrasse, s'assit, les jambes ballantes, ainsi que Bob avait fait tant de fois. Il voyait en esprit un Dieu immobilisé par trois clous et qui ne peut rien pour les hommes que donner du sang. Ainsi devaient agir les vrais disciples; n'intervenir que par le sacrifice, que par l'holocauste. On ne change rien dans les êtres, les êtres ne changent pas, sauf par une volonté particulière de leur Créateur; il faut les racheter tels qu'ils sont, avec leurs inclinations, leurs vices, les prendre, les ravir, les sauver, tout couverts encore de souillures; saigner, s'anéantir pour eux.

Ce garçon de vingt-deux ans, assis sur une terrasse, ne se demandait pas si sa mère ne lui avait rien légué de cette passion surgie en elle, après tant d'années de sommeil. Les êtres ne changent pas, mais beaucoup vivent longtemps sans se connaître, beaucoup meurent sans se connaître, – parce que Dieu a étouffé en eux, dès leur naissance, le mauvais grain; parce qu'il est libre d'attirer à soi cette frénésie qui chez tel de leurs ascendants était criminelle, et qui le redeviendra peut-être dans leur fils.

Il entendit s'éloigner l'auto de Paule, l'aperçut sur la route, entre les arbres, la vit descendre vers Langon; il suivit le plus longtemps possible la poussière qu'elle soulevait, l'imagina arrêtée devant le cimetière: la jeune fille traverse le porche où le char funèbre est remisé, elle foule cette terre de cendre, déchiffre des épitaphes, découvre enfin le caveau des Lagave, qui touche celui des Gornac (la mort n'interrompt pas leur voisinage). Das charrois cahotent derrière le mur sur la route de Villandraut; une locomotive halète et les scieries poussent indéfiniment leur plainte musicale et déchirante. Pierre songe que ce n'est pas à ce carrefour qu'il attendra la résurrection; il imagine ses légers ossements confondus avec le désert. Partir... Mais n'est-ce pas son devoir de demeurer encore auprès de sa mère? Non qu'il se fasse des illusions sur le réconfort qu'elle trouve à sa présence. Enfant, il se souvient d'avoir éprouvé pour elle une tendresse souffrante et jalouse; avec sa mère, comme avec tous les êtres qu'il a chéris, Pierre fut toujours celui des deux qui aime plus qu'il n'est aimé et qui souffre. Ces cœurs éternellement trompés sont, ici-bas, du gibier pour Dieu. Pierre a écrit de sa main, en exergue d'un journal intime, la parole du Christ qu'entendit Pascal:

«Je te suis plus un ami que tel et tel, car j'ai fait pour toi plus qu'eux, et ils ne souffriraient pas ce que j'ai souffert de toi et ne mourraient pas pour toi dans le temps de tes infidélités et cruautés... Je t'aime plus ardemment que tu n'as aimé tes souillures.»

Plus que tel et tel, plus que cette mère indifférente et à qui, durant toute sa vie, il a coûté moins de larmes qu'elle n'en a versé, depuis deux jours, sur la dépouille d'un enfant étranger.

XII

Les événements retardèrent l'explication que Pierre souhaitait d'avoir avec sa mère. Aux premiers jours des vendanges, M. Gornac eut de nouveau une légère attaque. Maria étant retenue dans sa vigne, Élisabeth courait sans cesse de la chambre du malade au cuvier et aux chais. Pierre lui proposa de l'aider, mais elle le rabroua avec le même dédain qu'elle témoignait autrefois à son époux timide ; ce n'était pas son affaire, il n'entendait rien aux choses pratiques.

– Reste avec tes livres, et surtout ne te mêle de rien.

Il se réjouissait de la voir ainsi reprise par la vie ; peut-être, à son insu, l'en méprisait-il un peu. Cette grande douleur cédait aux soucis d'une récolte ; elle s'inquiétait que Galbert ne la volât pas, et vérifiait les heures de présence des journaliers. Pierre la retrouvait telle qu'il l'avait toujours connue.

Pourtant, il la voyait très peu, car, rompue de fatigue, elle gagnait sa chambre, le dîner à peine achevé. (Une religieuse de l'hospice venait, chaque soir, de Langon, pour veiller M. Gornac.) Une seule fois, comme Pierre montait à son tour et, devant la porte de sa mère, étouffait ses pas, la croyant endormie, il lui sembla entendre des soupirs, des sanglots. Il s'arrêta, tendit l'oreille. La nuit était pluvieuse et tourmentée par le vent ; l'eau ruisselait sur les vitres du corridor, sur les tuiles, faisait du bruit dans les gouttières. Comment distinguer une plainte humaine et la détacher de ce gémissement universel? Le lendemain matin, le visage à la fois placide et affairé d'Élisabeth Gornac rassura son fils: il crut n'avoir entendu gémir que la nuit d'automne.

Mais cet affairement de sa mère était aussi ce qui le retenait de lui rien dire touchant sa vocation. S'il ne doutait pas qu'elle ne pût se passer aisément de lui, il craignait, en revanche, qu'elle ne souffrît de le voir renoncer à son héritage, et qu'elle ne se désintéressât de propriétés destinées à tomber, un jour, entre des mains étrangères. Déjà, octobre s'achevait sans qu'il eût pu se résoudre à aucune confidence. Ce fut Élisabeth qui, un soir, tendant au feu du salon ses bottines boueuses, lui demanda s'il comptait demeurer long-temps encore à Viridis. Il répondit qu'il hésitait à la laisser seule. Elle crut qu'il faisait allusion aux vendanges, à la maladie de M. Gornac, et le blessa en s'écriant:

– Oh! pour ce que tu m'aides!

Il repartit qu'il s'agissait d'une séparation plus longue qu'elle n'imaginait et fit allusion à un attrait invincible, à un appel intérieur auquel il devait se rendre enfin. Il essayait de déchiffrer sur le visage de sa mère le retentissement de ses paroles; mais le regard d'Élisabeth ne quittait pas le feu, et sa face, vivement éclairée, ne manifestait aucun trouble.

– Je n'ai jamais douté que ce ne fût ta voie, dit-elle enfin.

C'eût été un drame si ton pauvre grand-père avait dû voir son petit-fils en soutane. Mais il baisse un peu plus chaque jour, il ne passera pas l'hiver; inutile de lui rien dire: laissons-le mourir en paix.

Elle lui demanda s'il comptait entrer au séminaire ou dans un couvent. Pierre hésitait encore; mais sans doute ferait-il d'abord une longue retraite à la Trappe:* l'Afrique l'attirait. A mesure qu'il parlait, sa gorge se contractait parce qu'il avait le sentiment de ne parler à personne. Oui, le salon eût été vide, cette femme, sa mère, n'aurait pas été assise en face de lui, penchée vers le feu, qu'il ne se fût guère senti plus seul.

– Alors, maman, tu m'approuves?

– T'approuver? Tu fais ce que tu crois le mieux pour ton bonheur, mon pauvre enfant.

Il accueillit cette appellation: «Mon pauvre enfant», comme un peu d'eau fraîche au temps de la plus grande soif. Il scruta le visage de sa mère, espérant y voir des larmes. Non, elle ne pleurait pas. Qu'il aurait voulu qu'elle pleurât! Et lui qui, d'abord, n'avait songé qu'à la détourner de prévoir le futur abandon du domaine, il lui en parla, le premier, tant il avait le désir qu'elle souffrît. Mais elle l'interrompit d'un mot qui le stupéfia:

– Que veux-tu que cela me fasse? Crois-tu que cela ait la moindre importance?

– Mais, maman, songe qu'après toi tout sera vendu: j'aurai fait vœu de pauvreté; je ne veux pas garder un liard. Ces pins qui ont toujours été dans la famille, ces vignes que grand-père a plantées...

Il ne s'était jamais soucié de ces choses, et, pourtant, l'esprit de sa famille, à cette minute, le possédait au point qu'il parlait avec autant d'amour que M. Gornac de cette terre, à l'instant de l'abandonner et de la trahir. Mais Élisabeth lui opposait la même insensibilité:

– Si ce n'avait pas été toi, c'eût été ton fils ou ton petit-fils... Rien ne dure, rien n'existe.

Elle répéta, presque à voix basse:

– Rien... Rien... Rien...

Pierre, alors, se leva, s'accroupit aux pieds de sa mère, et, comme au temps de l'enfance, mit sa tête sur ses genoux; il prit une main inerte et flétrie, l'appuya de force sur son front.

Il lui dit qu'il partait pour longtemps, peut-être pour toujours. S'il devait s'embarquer, elle viendrait le voir. Mais c'est la dernière fois en ce monde qu'ils vivent côte à côte, sous ce toit, dans ce vieux salon, comme une mère et son enfant. Ils ne seront plus jamais ensemble, ici-bas. Quel arrachement, pour un maladroit de fils qui n'a jamais su que l'irriter, qui n'a jamais su lui dire combien il l'aimait!

Il l'a touchée, enfin: elle pleure, baisse la tête et ses lèvres cherchent le visage émacié, tourmenté, du garçon que personne au monde n'a choisi, que Dieu seul a choisi. Elle pleure; mais le mort à qui vont ses larmes de chaque nuit exige aussi le don de celles-ci. Notre douleur suit toujours la même pente, elle coule toujours vers le même être, fût-elle d'abord provoquée par un autre. Élisabeth sanglote, maintenant, et elle ne sait déjà plus quelle tête repose sur ses genoux. Le déchirement d'une séparation éternelle l'empêche d'être sensible à cet éloignement de son fils. Elle répète, comme en rêve: «Mon petit, mon pauvre petit!» à quelqu'un qui n'est pas là.

Pierre se releva consolé. Ils demeurèrent ainsi sans rien dire, se tenant les mains; lui ne doutait plus d'être enfin, ce soir, en union avec sa mère. Mais elle écoutait la pluie chuchotant sur la terre froide. Elle voyait, par la pensée, cette pierre ruisselante où un nom et un prénom n'étaient pas encore gravés. Elle imaginait la solitude nocturne de ce lieu, les couronnes déteintes; elle s'efforçait de violer les ténèbres du caveau, s'y étendait en esprit, embrassait cette forme perdue, s'abîmait dans ce néant.

Pierre quitta Viridis peu de temps après la Toussaint. M. Gornac mourut en décembre. Il avait accepté de recevoir le curé, cédant aux raisons de sa bru: il n'était pas sûr que tout fût faux dans ce qu'enseignait l'Église; si les sacrements ne font pas de bien, ils ne risquent pas de faire de mal. Maria Lagave, qui, à la fin des vendanges, avait fait une chute dans son cuvier,* et s'était brisé le fémur, ne lui survécut que quelques semaines. Augustin Lagave, retenu à Paris, fut heureux de louer sa propriété à Élisabeth. Elle visitait souvent cette maison morte, allumait des feux de sarments dans la chambre où Bob avait vécu; mais elle eut vite fait d'épuiser ce qu'il avait laissé de lui-même entre ces murs, et souffrit de n'y plus rien ressentir que de l'ennui. Ses habitudes religieuses une à une se réveillèrent. Son amour lui devint un sujet de scrupule; elle mit du temps à en oser ouvertement l'aveu, et fut stupéfaite que son confesseur – un Père Mariste de Viridis* – ne vît pas en elle un monstre incompréhensible.

– Vous êtes bien toutes les mêmes, ma pauvre fille, répétait-il. Quand on connaît l'une de vous, on vous connaît toutes.

Elle s'étonna de ce que son cas n'était pas étrange. Son amour s'appauvrit de toute la singularité qu'elle lui prêtait naguère. Le Père se garda bien de lui défendre de penser au mort, pourvu que ce fût devant Dieu. Elle apprivoisa ainsi le souvenir de Bob, il se mêla au troupeau quotidien de ses intentions particulières. Peu à peu, elle rentra dans ce qu'elle appelait le courant de la vie. La mévente du vin lui donnait du souci. Très riche, elle s'inquiétait pourtant de ce qu'il fallait «engouffrer d'argent» dans Viridis; elle n'eût pour rien au monde consenti à vendre un titre; ses revenus devaient suffire à l'entretien de la propriété; elle appelait cela: «être gênée». Elle ne parlait à personne, incapable de s'intéresser aux affaires des autres; et les détails qu'elle donnait sur les siennes n'étaient pas de ceux qui passionnent les gens. Les notables de Viridis et de Langon lui faisaient une seule visite qu'elle rendait dans l'année. Élisabeth Gornac passait pour avare, bien qu'elle soutînt de sa bourse toutes les œuvres de la paroisse.*

Un matin, à peine prit-elle le temps de lire le faire-part du mariage de Paule avec un grand propriétaire bazadais. Elle le déchira en menus morceaux, non dans un esprit de haine, mais par peur d'être réveillée, désengourdie.

La pensée que les propriétes seraient vendues après sa mort ne l'en détachait pas. Peut-être même éprouvait-elle un contentement obscur de ce que Pierre avait renoncé d'avance à tous ses droits. Elle passa trois jours de printemps, à Marseille, auprès de lui, qui allait s'embarquer. Bien qu'il n'eût pas revêtu la soutane, son costume élimé, sa cravate, ses chaussures étaient d'un homme pour qui n'existe plus l'univers visible. Ils furent gênés, le premier jour, de n'avoir rien à se dire, puis se résignèrent au silence et, dès lors, attendirent en paix l'instant de l'adieu. Pierre avait foi en un monde où les êtres auront l'éternité devant eux pour se connaître enfin. Il ne cherchait plus à savoir ce que dissimulaient ce front placide, ces yeux sans regard. Elle pleura sur le môle, quand le vaisseau s'en détacha, mais fut heureuse dans le train qui la ramenait à Langon. C'était la saison où commencent les grands travaux, elle avait hâte d'être rentrée. La vigne fleurit, le raisin mûrit, les vendanges furent faites. La vie d'Élisabeth se confondit avec les saisons. La pluie, la neige, la gelée, le soleil, devinrent ses ennemis ou ses complices, selon qu'ils nuisaient ou qu'ils aidaient à sa fortune. Son corps lui annonçait longtemps à l'avance, par des douleurs, les changements du temps.

La graisse gêna les mouvements de son cœur. Elle se déplaça de moins en moins, sauf pour aller au Bos. Le bruit courait dans le pays que Galbert la volait. Des lettres anonymes troublèrent un instant sa quiétude, mais elle aima mieux feindre de ne rien savoir. Elle se plaignait de Pierre qui ne lui écrivait que pour lui demander de l'argent: comme si elle n'avait pas eu ses œuvres!

Un jour d'été, elle descendit de sa victoria devant la porte d'un pâtissier, sur la place Maubec,* à Langon. Une auto arrêtée trépidait au seuil de la même boutique. Une jeune femme trop bien habillée, un peu épaisse, distribuait des gâteaux à quatre enfants.* Élisabeth reconnut Paule, qui détourna la tête. La vieille dame choisit une tarte, regagna sa voiture, qu'elle fit arrêter au cimetière.* Elle traversa le porche où le char funèbre est remisé, foula cette terre de cendre, s'arrêtant parfois pour déchiffrer une épitaphe. Elle s'agenouilla sur la pierre de ses morts, mais non sur celle qui recouvrait les restes du petit Lagave et qu'elle considéra longtemps, immobile et debout. Elle remarqua que la grille du tombeau avait besoin d'être repeinte. Des hirondelles criaient dans le bleu. Une charrette cahotait sur la route de Villandraut. Les scieries n'interrompaient pas leur longue plainte. Les piles de planches parfumaient cette après-midi d'une odeur de résine fraîche et de copeaux. Une locomotive haletait, et sa fumée salissait l'azur. Deux femmes derrière le mur, causaient en patois. Un lézard – de ceux qui se chauffent sur la terrasse de Viridis – cachait à demi le nom de Robert Lagave et la date de sa naissance. Jour d'été pareil à des milliers de jours d'été, pareil à ceux qui brûleraient cette pierre lorsque la dépouille de Mme Prudent Gornac aurait rejoint tous les Gornac qui l'avaient précédée dans la poussière. Une détresse rapide, venue de très loin, montait, l'envahissait. Ah! elle n'était pas encore aussi morte que ces morts. Elle ferma les yeux à demi, reconnut la chambre assombrie et pourtant diaphane; le petit Lagave lui tendait les bras, ses dents luisaient, sa poitrine était nue. Elle s'approcha de la grille qui avait besoin d'être repeinte, appuya sa figure aux barreaux, imagina d'insondables ténèbres, une boîte scellée, un lambeau de drap, de grêles ossements, se mit à genoux enfin. Le *De Profundis*,* plusieurs fois récité, ordonna sa douleur, la régla en la berçant. Une part d'elle-même s'apaisait de nouveau, s'engourdissait. Dieu, qui était Esprit et Vie dans son fils Pierre, était en elle engourdissement et sommeil. Au seuil du cimetière, elle aspira l'air. La vieille victoria l'éloignait insensiblement de son amour. A la montée de Viridis, le cocher mit le cheval au pas. Voici l'endroit de la route où elle se souvenait toujours d'avoir aperçu Bob enfant: il revenait de la rivière, son petit caleçon mouillé à la main, il mordait dans une grappe noire. Elle le vit encore, ce jour-là; elle vit aussi que la maladie avait abîmé la vigne des voisins et se réjouit de ce que Viridis était épargné. Mais il faudrait exiger de Galbert qu'il y fît encore deux sulfatages. Élisabeth Gornac redevenait un de ces morts qu'entraîne le courant de la vie.

NOTES TO THE TEXT

Notes of a linguistic nature have been kept to a minimum and are for purposes of explanation rather than translation. The reader is referred to the *Collins-Robert French-English, English-French Dictionary*.

Page

43 **sulfate:** 'sulphate solution'; a solution of copper or iron sulphate was sprayed on vines to prevent parasitic diseases.

44 **chais:** 'wineries', buildings in which wine is made and stored.

44 **effeuillé:** 'thinned the leaves' rather than 'pruned'; some leaves are stripped from the vines to encourage growth of the grapes. Jean Gornac, who imagines he is still running the vineyard, is making a nuisance of himself by complaining about something done against his orders, but which was really necessary.

44 **drôle:** In the south and west of France, *drôle* can mean simply 'boy' or 'lad' without any pejorative connotation; elsewhere it means 'rascal', 'scamp' or 'peculiar person'. Here there may be a hint of disapproval, if only of the old for the young, in Jean's use of the term, and in Augustin's on p. 52. Maria uses it in a neutral sense on p. 78, but her use of a feminine form *drôlesses* on p. 126 is

Page

obviously pejorative. When she calls Bob a *mauvais drôle* on p. 127, *drôle* itself is neutral, as it is in Jean's *pauvre drôle* on p. 137 after Bob's death.

44 **ce «gommeux»:** 'that over-dressed young good-for-nothing'.

44 **venait en journées chez moi:** 'used to come to my place as a daily help'.

44 **petit séminaire:** 'minor seminary'. Minor seminaries were secondary colleges run by priests for Roman Catholic boys, of whom only some would proceed to major seminaries to study for the priesthood.

45 **Béranger:** Pierre Jean de Béranger (1780–1857), a writer of immensely popular patriotic songs and poems which were often highly anti-clerical in tone.

45 **les élections républicaines du 14 octobre:** In May 1877 Mac-Mahon, the President of the Republic, appointed the Catholic monarchist Broglie as president of the State Council. Broglie dissolved the Chamber of Deputies and on 14 October elections were held which returned a republican majority, thus forcing him to resign.

45 **le krach de 'l'Union Générale':** The *Union Générale*, a bank founded by Catholic businessmen in 1878, collapsed in January 1882. As his father had died a year earlier, Jean had had the time necessary to get rid of shares in the bank and the related *Banques impériales et royales privilégiées des Pays autrichiens*.

45 **foulard:** Maria, wearing her best scarf to the prize giving, clearly shows her modest peasant background. Later we shall see a similar or perhaps even the same scarf transformed into a chic item of male apparel by Bob.

45 **couronnes vertes et dorées:** Prizes consisted not only of books but of artificial laurel wreaths in imitation of those used in Ancient Rome to mark some honour.

46 **diplôme de rhétoricien . . . . philosophie:** This *diplôme* indicated successful completion of the first part of the

Page

then *baccalauréat* course; the second part was known as *philosophie*.

46 **tonsurer:** 'tonsuring'; refers to a former ceremony in the Roman Catholic Church whereby the passing of a young man from the lay to the religious state as one of the stages towards the priesthood was marked by cutting some tufts of hair from the crown of his head.

46 **pecque:** 'you pert little fool'. Jean's vehement crushing of Maria, much the same age as himself, is intended to show the full extent of his authoritarianism and lack of feeling for others.

46 **patronages:** 'youth groups'. These were run under religious auspices to provide young people with wholesome spare-time activities which often included a band. In *Thérèse Desqueyroux* the parish priest was looked at askance because he had *supprimé la fanfare du patronage*.

47 **qu'il avait aidé de ses deniers:** 'whom he had helped out of his own pocket'.

47 **inspecteur des Finances:** 'Treasury Inspector'. Because of the highly competitive qualifying examination, such inspectors formed an élite group, and were given very wide powers of inspection of the ledgers of any government department. The similarity of occupation and the fact that he is an opinionated domestic tyrant make it likely that Mauriac modelled Augustin partly on his much detested father-in-law, who had been head of the taxation office in Bordeaux.

47 **Péloueyre:** The hero of *Le Baiser au lépreux* (1922) is Jean Péloueyre, and in that novel we fleetingly see Félicité Cazenave (née Péloueyre), one of the main characters in *Genitrix* (1923). Through such use of re-appearing characters and family names, Mauriac fancied that he was imitating Balzac's *Comédie Humaine*.

48 **louis . . . écu:** A *louis*, named after the monarch's head appearing on it, was a gold coin worth 24 *livres* in pre-decimal currency. Some years after the Revolution

Page

the same size coin, now worth 20 francs, came to be
known as the *napoléon*, but Jean Gornac harks back to
the earlier terminology which has obviously persisted.
An *écu* was worth either 3 or 6 *livres*, and then came to
mean a silver coin worth 5 francs. Jean is thus complaining that the existence of a second son means that the
inheritance must be split, and so halved in value; he is
even more illogical in his claim that a third son reduces
the inheritance to a quarter of its value.

51 **rue Vaneau:** Mauriac situates the Lagave flat in the
same street where he himself had his first flat in Paris
from 1909 to 1913, and in a building which likewise had
neither a back staircase nor a lift. This was in the 7th
arrondissement on the Left Bank, Mauriac in 1909 regarding the Right Bank as a sort of den of iniquity.
Some of this simplistic opposition survives in the novel
through the way he later shows Bob's friends from the
Right Bank not only looking completely out of place in
the Lagave flat, but representing an utterly different
and highly suspect moral world.

51 **signé Dalou:** This is ironic, as the statue described is
obviously a mass-produced replica of a piece by the
well-known nineteenth-century sculptor Jules Dalou
(1838–1902), whose best-known work, pompously al-
legorical like this statue, is the group 'Le Triomphe de la
République' at the Place de la Nation in Paris.

52 **drôle:** cf. p. 44.

53 **Contributions Indirectes:** Augustin, a ruthless, highly
placed pursuer of fraud in taxation offices, with great
pride in his skill, sees the only hope of a career for his
son, in pale imitation of himself, as being in the comparatively undemanding bureaucratic backwater of the
indirect taxation department, where presumably he
could place him by use of influence.

53 **surveillant général:** 'vice-principal', 'deputy head' and
main master in charge of discipline.

Page

54 **Halles:** the former wholesale fruit, vegetable and meat
market in central Paris. It used to be a custom among
merry-makers to go at dawn to one of the nearby cafés
or restaurants which opened early for users of the Halles
and drink onion soup for the sake of its reputed power
to cure or prevent hangovers.

57 **chypre:** a perfume made of various aromatic essences.
Bob is using perfume at a time when it was comparatively
rare for men to do so, once again showing himself to be
completely different from his father, who does not
bother about how he smells. There is also perhaps a
suggestion of effeminacy.

57 **l'ascenseur:** See note on rue Vaneau, p. 51.

58 **Beauvais:** A *Manufacture nationale de tapisseries* was
established at Beauvais in the seventeenth century and
subsequently created various styles and motifs which
are still identified with it.

58 **Boissier:** Since 1830 the firm Boissier has been a con-
fectioner in Paris, still occupying its original premises in
what is now the avenue Raymond Poincaré in the
fashionable Right Bank 16th *arrondissement*. Its strik-
ingly decorated boxes are still, as in the 1920s, a feature
of its well-produced and highly priced sweets and cho-
colates. The text seems to imply that the motif on the box
was aggressively modern. The MS says *boîte rose*, but the
rose has been omitted from the published version.

59 **– Ça sent la cocotte, ici!:** 'The place smells like a tart's
boudoir.' A *cocotte* is a kept woman, by implication
likely to have bad taste and therefore use blatantly
overpowering perfumes. Augustin's instinctive hostile
reaction is somewhat beside the point in that Bob has
good taste, but is also ironically to the point in that Bob
is something of a kept man.

59 **galuchat:** 'shark skin'; an incidental glimpse of the 1920s
style in women's footwear, along with the small head-
hugging hat, the short hemline and the abandonment of
heavy corsets.

Page
59 **«conduite intérieure»:** 'saloon car' or 'sedan'. At the time, such cars were comparatively new, rare and expensive as against open cars which often had folding canvas roofs; hence the inverted commas around the French expression.

61 **Pèru Ubu:** main character in *Ubu roi* (1896) and other plays of Alfred Jarry. He is the fiercely comic incarnation of unenlightened tyranny and bourgeois stupidity.

61 **encre Antoine:** a well-known brand of ink in the 1920s.

62 **un guignol bâtonné:** *Guignol* is the principal character in the French counterpart of Punch and Judy shows and has given his name to them; here 'a limp doll', or 'a broken jack-in-the-box'.

62 **fruits de Chanaan:** 'fruit of Canaan'. Canaan, the Promised Land of the Old Testament, was renowned for its huge fruit. Presumably the grapefruit look like huge oranges or lemons.

63 **Arcachon:** town on the Atlantic coast almost due west of Bordeaux, for which it is a popular seaside resort; see map, p. vi.

64 **la Sesque:** a locality near Saint-Symphorien in the Landes where the Mauriac family had a holiday house; see map, p. vi.

65 **la révolution du 4 septembre:** The previous sentence refers to the Second Empire (Napoleon III). This ceased to exist on 4 September 1870 after the defeat of France at Sedan in the Franco-Prussian War, when a number of deputies declared it defunct, proclaimed a republic, and formed a government of national defence.

65 **la vente des métairies:** A *métairie* is a farm run by a tenant for the owner, who pays all or some of the capital costs and receives a percentage of the crop in kind. Sale of such farms means that the owner's capital is being liquidated, a process regarded as disastrous by the land-owners of Mauriac's world. Note Élisabeth's comments on pp. 74–5.

Page

67 **phylloxéra:** 'phylloxera', a type of plant louse native to North America which attacks vines. It began attacking French vines in about 1863 and its ravages had become disastrous by 1873, causing major crop losses for the next twenty years.

67 **térébenthine:** 'turpentine', by which is meant firstly the resin collected from pine trees; this is treated to make *essence de térébenthine* which is used for thinning paints etc. Élisabeth thus has a double background of vine growing and forest exploitation which makes her a thorough Girondine.

71 **Communauté réduite aux acquêts:** a marriage settlement whereby either party retains all inheritances as personal property, with only subsequent acquisitions (acquests) being regarded as shared property.

71 **préciput:** either a part of an inheritance over and above the share laid down by law, or a legacy stipulated in the marriage settlement for the surviving spouse.

73 **Malromé:** a château near Mauriac's beloved property of Malagar, in which he situates this and other novels. He did not become the owner of Malagar until the beginning of 1927, but had frequently had the use of it before then. Malromé was the home of the family of the painter Henri de Toulouse-Lautrec, who is buried in the nearby churchyard of Verdelais; see map, p. vi.

77 **de chez Barclay:** 'from Barclay's', a fashionable menswear store.

78 **drôle:** cf. p. 44.

79 **Le vin est tiré:** literally 'The wine is drawn', with the implication that now it will have to be drunk, or 'I can't stop things now'. As Bob has already left to post his letter to Paule, it is too late for Élisabeth to withdraw from the arrangement she has made with him. This hastily sent letter is one of the first in the apparently inevitable set of circumstances which leads to Bob's death, and contrasts with the letter not sent by Paule which might have saved him.

Page

81 **le Bos:** Mauriac borrows the name of one of his own family's *métairies* in the Landes more than 20 km from 'Viridis', with forest stretching beyond it to the Atlantic; see map, p. vi.

82 **«s'esbignait»:** 'made himself scarce', 'skedaddled'; this popular expression does not seem to be specific to the Gironde region.

86 **«faire un frais»:** This seems to be Bob's and perhaps his Parisian group's adaptation of the expression *faire les frais de la conversation:* 'to contribute a large share of the talk' or 'to keep the conversation going'. Here one might say 'to make small talk' or 'to make a bit of talk'.

89 **serein:** 'night air'.

95 **valérianate:** 'valerianate', a stimulant or anti-spasmodic drug derived from the roots of the valerian plant and other species.

99 **gibier. . . proies:** This is a reformulation from the female point of view of an idea expressed in rather muddled form in *Le Jeune Homme:* 'Pour eux, la femme est un gibier; ils ont des âmes de chiens courants; rien ne leur plaît mieux que de forcer des biches, d'enrichir leur carnet de chasse' (*Œuvres romanesques. . .* **II**, p. 694).

101 **Il conduisait l'auto. . . ses mains douces:** The now commonplace identification of a motor car with sexual attractiveness is hinted at by Mauriac, and the fact that the love affair of Bob and Paule depends so much upon her car perhaps helps to invalidate it. Bob's dependence upon the cars of others places him in an ambiguous position, illustrating Mauriac's suggestion in *Le Jeune Homme* that 'un garçon sans auto se croit châtré' (*Œuvres romanesques. . .* **II**, p. 685).

102 **vous ne savez pas qui je suis:** This whole sequence seems to be a parodic inversion of the madrigal 'Ange adorable' in *Roméo et Juliette*; Roméo wonders whether his unworthiness to touch Juliette's hand with his 'main coupable' may be effaced by his kissing it, and the song

Page

ends with their amorously disputing whether she has withdrawn her hand or not. (Cf. Shakespeare, *Romeo and Juliet*, I. v. 97–114.)

103 **les mains en croix, sur sa poitrine:** This detail taken from Mauriac's own childhood (see *Commencements d'une vie*) is also used in other novels. It looks back to the religious education Bob must have received from his mother, and forward to his pious death.

109 **je n'aurais pas dû fermer l'enveloppe:** It is a part of French etiquette that when confiding a letter to another person to pass on one should leave it open, apparently to indicate one's trust that the other person will not read it. It is then incumbent upon the other person to seal it in one's presence. Paule's action would thus seem to have been genuine absent-mindedness, and her apology for it an indication of her good upbringing.

109–10 –**'Venez, Esprit-Saint . . . me conserver':** Élisabeth is rapidly skipping through the same 'Prières du soir' of the former catechism for the diocese of Bordeaux as Mauriac's mother used to recite every evening when he was a child. (See *Commencements d'une vie*.)

112 **«Ce n'est pas le jour, ce n'est pas l'alouette. . .»:** Bob hums a line of the famous duo in Gounod's *Roméo et Juliette* at the beginning of Act IV, corresponding to III.v in Shakespeare's play. As Paule has asked *Pourquoi ne pouvons-nous pas attendre ensemble le jour?* Bob reminds her of the same feeling expressed by Juliette, who is aware, however, like her husband Roméo, that he must leave before dawn. Paule and Bob are still largely unaware of the gathering threat to their love when this is at its most sincere.

114 **la fleur de lis infamante:** The *fleur de lis*, with which convicts used to be branded, was the emblem of pre-Revolutionary France. Apparently the brand used to fade below the skin with time, but could always be made visible again with a sharp blow. In nineteenth century

Page

French fiction there are a number of descriptions of the process, the most famous perhaps being Mlle Michonneau's identification of Vautrin as a master-criminal in Balzac's *Le Père Goriot*.

124 **– Je te rattraperai au tournant:** 'I'll get my own back on you yet'.

125 **l'ange de la résurrection:** Mauriac is presumably referring to a real painting and thus sharing a sense of superiority with those of his readers who recognize the reference over the character who fails to complete it here. Although there is no way of being certain what picture Mauriac has in mind, it is highly likely that it is the 'Jugement dernier' of Roger van der Weyden in les Hospices de Beaune. This altar-piece, consisting of nine different panels, is dominated by the figure of a white-clad angel who happens to have puffy eyelids as though he has been sleeping, thus reinforcing Bob's resemblance to him. The depiction of souls rising from the dead as small nude figures, the theme of judgement for one's life, and even the flames of hell at the bottom of one panel also have some relevance to the novel.

125 **Biarritz:** seaside resort on the Atlantic coast not far from the Spanish border; see map, p. vi.

125 **Deauville:** seaside resort on the Normandy coast, and therefore several days' drive from Biarritz. Bob's friends would have had to drive through the Bordeaux area on their way from one to the other; see map, p. vi.

126 **bonnetière:** small cupboard used for storing linen and especially bonnets.

126 **landiers:** 'fire-dogs'.

126 **ataxie:** 'lack of co-ordination'.

126 **drôlesses:** cf. p. 44.

127 **le ruban rouge, large comme les deux mains:** Wearing a red ribbon or rosette is the sign that one holds the decoration of the *Légion d'Honneur* and may be done with varying degrees of ostentation. Any civil servant

Page

who reaches a certain level can automatically expect the appropriate grade of the decoration, which is bestowed on bases fairly similar to those for New Year's Honours in Great Britain and some Commonwealth countries.

127 **Peter Pan:** a French brand of small portable gramophone which could also incorporate an alarm clock.

127 **'Certain feeling':** *That Certain Feeling*, a very popular song in the 1920s.

127 **'Sometimes I'm happy':** Croc (p. 1) points out that in the original *Annales* version of the novel, the song mentioned here was *Alwaïs* (sic), an Irving Berlin number of 1925, and that its substitution by *Sometimes I'm happy* (words by Irving Caesar and music by Vincent Youmans), which came out in November 1927, updates the novel by about two years. It is not surprising that Bob should have liked this fox-trot, for the words are:

He: Ev'ry day seems like a year,
Sweetheart, when you are not near.
She: All that you claim must be true,
For I'm just the same as you.
He: Stars are smiling at me from your eyes.
She: Sunbeams now there will be in the skies.
He: Tell me that you will be true.
She: That will depend on you, dear!

Sometimes I'm happy, sometimes I'm blue,
My disposition depends on you,
I never mind the rain from the skies,
If I can find the sun in your eyes.
– Sometimes I love you
Sometimes I hate you, but when I hate you,
It's 'cause I love you.
That's how I am, so what can I do?
I'm happy when I'm with you, you.

The song, with its references to stars, rain and loneliness, also has an ironic relevance to what happens to Bob.

Page

127 **drôle:** cf. p. 44.

128 **'Bœuf':** the *Bœuf sur le toit* was a famous nightclub of the 1920s established first in the rue Boissy d'Anglas and later in the rue de Penthièvre. It was the haunt of many artists, musicians and writers, including Mauriac himself, who went there frequently and then confided to his private journal how empty, frivolous and potentially evil the night life at the *Bœuf sur le toit* was.

128 **Rouen:** 123 km from Paris, in Normandy, so a jaunt by car after drinking until such an hour was rather foolhardy.

128 **escarpins:** 'dancing shoes', 'pumps'.

128 **Fuir, là-bas, fuir!:** This utterance by Bob, hardly in spontaneous spoken style, in fact comes from Mallarmé's poem 'Brise marine' which begins:

> La chair est triste, hélas! et j'ai lu tous les livres.
> Fuir! là-bas, fuir! [...]

It is unlikely that Bob is consciously quoting Mallarmé – he has read very few books – but Mauriac intends readers to pick up the reference. Bob is in the process of discovering that *La chair est triste* and here he is responding to an invitation to go towards the sea. Earlier he had announced: *Je cherche une amie avec yacht* (p. 117).

131 **le Père de Foucauld:** Le vicomte Charles de Foucauld (1858–1916) was an officer with the French army in North Africa and led a dissipated life until he underwent an experience of religious conversion and eventually became a priest in 1901. He established himself as a sort of hermit missionary first in southern Algeria and then in the depths of the Sahara at Tamanrasset, giving witness to Christianity in thoroughly Moslem territory by his charity and austere style of life, but without great success in making converts. He was eventually murdered by members of a wandering robber tribe. He was a figure who fascinated a whole generation of French

Page

Catholics, including Mauriac, who makes him the subject of a conversation in his previous novel, *Thérèse Desqueyroux* (1926).

131 **Touareg:** The Tuaregs are a Moslem Berber tribe of nomadic shepherds living in southern Algeria and the Sahel area. Pierre, having learnt the lesson that it is dangerous to intervene actively in the lives of others, at the risk of rationalizing one's own disreputable motives, now wishes to emulate le Père de Foucauld and give witness to his faith in a more passive and spiritual way.

135 **«s'esbigna»:** cf. p. 82.

137 **drôle:** cf. p. 44.

138 **Saint-François-Xavier:** parish church for the quarter in which the rue Vaneau is situated.

145 **«soupe au lait»:** literally 'milk soup' and therefore likely to boil over quickly; here 'always flying off the handle', 'always losing her temper'.

146 **ces grains de blé . . . germent et s'épanouissent:** This seems to have been one of the many pieces of 'archaeology-fiction' invented by imaginative journalists following the discovery of Tutankhamen's tomb in 1922. Botanists are emphatic that seeds of this sort have a relatively short life and could not survive even in sterile form for over 5000 years.

152 **une longue retraite à la Trappe:** Notre-Dame de la Trappe at Soligny (Orne) is an abbey of the Cistercian order of monks. It was reformed by the abbé de Rancé in the seventeenth century and became the motherhouse of Cistercians obeying a stricter set of rules, who were called Trappists. In modern times it has became a centre for 'retreats', which are periods spent by individuals or groups in isolation from the world in order to take spiritual stock of themselves.

154 **cuvier:** may mean a 'wash-trough' but certainly does not do so here; it also means either a 'grape vat' or 'wine cellar', and elsewhere Mauriac uses it in this latter sense.

Page

154 **un Père Mariste de Viridis:** The Marist Fathers, distinct
from the Marist Brothers, were one of the many religious
congregations founded in nineteenth century France.
They used to have a monastery at Verdelais, and
Mauriac's grandfather was often at loggerheads with
them. Élisabeth, befitting her station in life, presumably
receives more expert spiritual advice from a Marist than
she would from an ordinary parish priest.

155 **œuvres de la paroisse:** 'parish charities'.

156 **la place Maubec:** the central square of Langon, with a
pastrycook's premises which have not changed position
since Mauriac's childhood. People in Langon and nearby
say *aller à Maubec* for going to the centre of the town.

156 **quatre enfants:** For this last glimpse of her, Mauriac
gives Paule the same number of children as he and his
wife had, but not even this element of the portrait is
meant to be flattering. She has obviously surrendered to
the Gironde establishment by making a loveless marriage
and has even fulfilled her expected role as mother
beyond the line of duty. She is showing signs of physical
coarsening beneath her ostentatious clothing and may
end up *obèse* like Élisabeth, while her solicitude for her
children is purely material and probably fattening too.
Her rudeness to Élisabeth suggests not only reluctance
to be reminded of a now embarrassing past, but
snobbery.

156 **cimetière:** the cemetery of Langon has a special significance for Mauriac. Various forebears including his
father and paternal grandfather are buried there, and it
is not far from a house which belonged to the same
grandfather and provided the setting for *Genitrix* (1923).

157 **'De Profundis':** Latin for 'Out of the depths', the first
words of Psalm cxxix, an expression of sorrow for sin
which forms part of the prayers for the dead in various
Christian Churches. The Mauriac children used to be
taken to the Langon cemetery by their mother to pray at

Page

their father's grave on 1 November, and François once recalled to his son Claude how terrified he was when she recited the *De Profundis* in French. (See Claude Mauriac, *Le Temps immobile*, 1 November, 1959.)